KB190256

18살 논어를 論하다

18살 논어를 論하다

초판 1쇄 인쇄_2020년 2월 15일 | 초판 1쇄 발행_2020년 2월 20일
지은이_김다슬 · 김미현 · 김영미 · 박정민 · 주민경 | 엮은이_김은숙
펴낸이_진성옥 외 1인 | 펴낸곳_꿈과희망
주소_서울시 용산구 한강대로 76길 11-12 5층 501호
전화_02)2681-2832 | 팩스_02)943-0935 | 출판등록_제 2016-000036호
e-mail_jinsungok@empal.com
ISBN_979-11-6186-079-4 43810

2020 대구광역시교육청 책쓰기 프로젝트
중국 웨이하이한국학교 다섯 소녀의 논어 진로 탐구

고등학생의 진로 논어 백서

18살 논어를 論하다

김다슬

김미현

김영미

박정민

주민경

지음

김은숙

엮음

꿈과희망

또다시 책쓰기를 하다

2017년 5월 9일…

촛불 민주주의의 시작을 알리는 대통령 선거일…

대한민국 국민의 기억 속 2017년 5월 9일은 이렇게 남아 있을 것이다. 하지만 바다 건너 한국과 가장 가까이 맞닿은 중국 웨이하이에서 2017년 5월 9일은 평생 잊지 못할 슬픔의 날로 기억되고 있다.

'중국 웨이하이 터널 유치원 버스 화재 참사_한국 어린이 10명 사망'

10명의 소중한 우리 아이들이 하늘나라로 갔던 너무나 가슴 아픈 사고였다. 이 사고로 아이를 잃은 부모님들은 더 이상 이런 비극이 웨이하이에서 일어나지 않길 바라며, 유족 성금을 모아 대한민국 교육부 인가 학교를 설립하고자 했고, 이례적으로 몇 개월 만에 학교가 설립되었다. 이러한 슬픔과 간절함 그리고 희망이 담긴 이곳의 교사 선발 공문! 그 공문을 보고 순간 나는 나도 모르게 '나를 필요로 하는구나!' 하며 말도 안 되는 근자감과 오지랖으로 지원을 하게 됐고 그렇게 나는 2018년 1월 1일부터 웨이하이 한국학교에 근무하게 되었다

'나는 이곳에서 뭘 해야 할까? 뭘 해야 상처받은 아이들에게 도움을 줄 수 있을까?'라는 아주 기본적이고 근본적인 고민을 웨이하이에 오고 나서야 심각하게 하게 되었다. 앞서 3년의 중국 경험이 있기에 충분히 나는 아이들에게 도움을 줄 수 있을 거라 생각했지만 웨이하이의 상황은 선양과

4

는 또 달랐기 때문이었다.

한국 국적이지만 오랜 기간 동안 중국에서 생활한 아이들이 다수였고, 교육부 인가 한국학교의 교육과정을 접해 보지 못했던 탓에 아이들과 호흡을 맞춰 수업하는 것이 쉽지만은 않았다. 하지만 가장 큰 문제로 다가왔던 것은 아이들이 꿈이 없다는 것이었다. 어느 대학을 갈 것인가에 대한 진학의 꿈이 아니라 자신에 대한 진지한 탐색과 큰 그림의 진로 그리고 왜 그것을 하고 싶은가에 대한 고민이 없었던 것이다.

결국 나는 또다시 이곳에서 책쓰기를 할 수밖에 없었다. 아이들과 책쓰기를 10여 년간 진행하면서 너무 힘들어 매년 초마다 하지 않겠다고 다짐에 다짐을 했던 나였지만 결국은 웨이하이에서 나는 다시 책쓰기를 시작한 것이다.

감언이설에 속아 논어를 읽다

평범한 것을 싫어하는 나는 식상한 진로 책쓰기를 하고 싶지는 않았다. 여러 가지 사정으로 인해 위축되어 있는 아이들에게 우리만의 특별함으로 무장한 책쓰기를 통해 동기 유발을 하고 싶었다. 그리고 고민했다. 그리고는 결국은 찾았다. 아니 정확히는 찾은 것이 아니라 내가 특별함을 부여해 만들었다는 표현이 정확할 것이다. 오랜 해외 생활로 인해 오히려 중국어가 더 편하다는 아이들도 다수인 이곳에서 '책쓰기가 과연 가능할까?'라는 고민은 접어두었다. 내가 지도하는 책쓰기는 과정의 소중함이 묻어 있는 것이기에.

유교적, 고리타분, 구시대적 등등 논어 하면 떠오르는 단어들일 것이다. 그런데 난 논어를 기본 텍스트로 잡아 책쓰기를 진행하기로 했다. 진로 책쓰기에 대한 호기심으로 처음 나를 찾았던 아이들은 논어 진로 책쓰기라는 말에 기겁을 했다. 하지만 나는 아이들에게

공자의 고향이 어딘 줄 아니? 산동성 곡부야! 너희가 살고 있는 이곳!

대한민국 고등학생 중에 논어를 원문으로 읽어본 사람이 있을까? 너네 말고~

논어와 진로 책쓰기! 완전 기발하지 않니?

너네가 대한민국 최초! 아니 세계 최초로 논어를 진로와 연관해서 쓴 고등학생일 거야!

이런 감언이설로 아이들을 설득했고, 착한 우리 웨이하이 아이들은 날 국쌤을 믿고(?) 열심히 따라와 주었다. 한 학기 동안 자신을 탐색하는 과정을 통해 자신의 진로에 대한 고민을 하게 했고, 그리고 진로와 관련해서 가져야 할 자질들과 각종 자료를 찾으며 자신의 꿈을 공고히 했다. 그리고 대망의 논어 읽기! 한국의 아이들보다 훨씬 더 잘 읽을 거라 생각했지만 그건 큰 오산이었다. 우리가 기본 텍스트로 한 논어 해설판은 번체자(한자)였기에 간체자(중국어)에 익숙한 우리 아이들에게 오히려 독이 되었다. 그리고 학자들마다 논어 구절에 대한 해설이 다양하듯 그 속에 담긴 함축적 의미를 읽어내기는 쉽지 않았다. 하지만 은근과 끈기!로 읽고 또 읽어 내려갔다. 녀석들 정말 많이 힘들었을 것이다. 내가 구절 풀이를 일일이 해 주지 않았다. 아이들이 모르면 모르는 대로 시간을 가지고 계속해서 스스로 찾고 이야기하고 자신의 빛깔로 표현하도록 했다. 투박하지만 자신만의 언어로!

그리고는 1년이 넘는 기간 사투를 벌인 결과 우리는 해냈다. 저마다 꿈꾸는 자신의 진로에 대한 고민과 그 자질들을 논어 구절 하나하나씩과 연관해서 멋지게 말이다.

수려하지 않지만 수수한 논어를 쓰다

고등학생이 쓴 진로 논어 백과!

내가 지었지만 제목이 참 멋진 것 같다. 제목만큼 내용도 멋졌으면 좋겠다 생각하겠지만 막상 읽고 나면 '조금 실망이다'라고 생각할 수도 있을 것이다. 그렇다고 겉 포장만 크고 화려한 질소 과자와 같은 느낌으로 제목만 화려하자는 마음으로 책 제목을 정한 것은 아니다. 1년 6개월 이상의 긴 과정을 아이들과 논어를 읽고 각자가 원하는 직업의 자질에 관련한 논어 구절 하나, 하나를 고민하고 해석하고 또 고민하는 과정은 그 어느 백과사전을 엮는 과정만큼이나 고통스럽고 힘든 과정이었기에 나는 이렇게 아이들의 책 제목을 독단(?)적으로 정했다. 아이들은 자신들이 부족하다고 생각하기에 제목조차 정하는 것을 부끄러워하고 고민했기 때문에 내가 아이들에게 책 제목을 이렇게 정했다고 통보했다. 아름다운 미사어구, 화려한 콘텐츠, 논어 구절에 대한 깊이 있는 해석, 흥미 뿜뿜의 내용이 있는 글은 아닐 것이다. 하지만 자신들만의 표현으로 최선을 다해 고등학생다운 수수하고 소소함으로 이루어진 논어를 썼다. 고등학생이기에 가능한 세상에서 가장 순수하고 예쁜 책을 쓴 것이다.

수상 소감! 절대 가식적이지 않음을 깨닫다

TV에서 연예인들을 비롯한 다수의 방송인들의 수상 소감을 듣고 있자면 참 저렇게 감사한 사람들이 많을까? 너무 가식적이다라는 생각을 많이 하곤 했다. 하지만 이 책을 정식 출판하는 과정에서 나는 그들이 무대에서 했던 수상 소감이 절대 가식이나 예의를 차리기 위함이 아님을 알게 되었다.

부족한 글이지만 재외한국학교 학생들의 도전이라는 의미에 큰 가치를 두고 출판비를 지원해 주신 대구시 교육청 강은희 교육감님.

중국 한국학교의 독서 교육 인프라 부족함을 물신양면으로 도와주시기 위해 동분서주해 주신 대구시 교육청 미래교육과 김차진 과장님, 김정희 장학사님.

천방지축 온 학교를 휘저으며 시끄럽게 다닌 교사의 엉뚱한 교육 활동을 묵묵히 인정해 주시고 응원해 주신 든든한 버팀목 웨이하이한국학교 이원오 교장선생님.

타국에서 개교의 어려움을 2년간 함께 나누며 책쓰기 활동을 응원해 주신 나의 소중한 웨이하이한국학교 선생님들.

항상 아이들 글을 소중히 여기시고 단어, 문구 하나도 의견을 물어가며 출판 전과정에 마음을 다해 주신 꿈과희망 출판사 김창숙 편집장님.

그리고 사랑하는 나의 제자 다슬, 미현, 영미, 정민, 민경!

이 모든 분들이 계시기에 이 책이 출판될 수 있었습니다.

모두 감사합니다. 그리고 또 고맙습니다.

2020년 3월
대구에서 날국쌤 김은숙 씀

목차
18세 논어를 論하다

논어에서 방송인의 꿈을 찾아가다

김다슬

목차

● 김다슬 프로필(방송연출가를 꿈꾸는 중국 웨이하이한국학교 12학년)

중국에서 태어나 어렸을 때부터 중국 유치원과 중국 초등학교를 다니면서 다른 친구들에 비해서
이쪽 생활에 빨리 익숙해졌다. 그리고 한국학교로 전학을 와서 고등학교 2학년 때 우연히 학교
에서 책 쓰기 동아리에 들어가게 되었다. 글쓰는 것을 잘하는 편은 아니었지만 선생님들과 친구
들의 도움으로 진로와 공자의 연관성을 찾아서 자신 있는 글을 쓸 수 있었다. 책 쓰기 동아리 덕
분에 방송연출가라는 직업에 대해서 더 많은 정보를 얻을 수 있었고 진로에 대해서 확신이 생겼
다. 현재 목표는 진로와 관련된 다양한 책을 더 많이 읽어보는 것이고 미래에 방송연출가가 되어
서 방송국에서 열심히 일을 하는 것이다.

시작하기 앞서…

나는 현재 중국에 살고 있는 18살 고등학생이다. 다른 고등학생들과 다를 바 없이 평범하지만 군이 다른 점을 찾는다면 나는 중국이라는 나라에서 태어났고 지금까지 쭉 자라왔다는 것이다. 내가 처음 중국 유치원에 발을 디뎠을 때 주변 환경이 많이 낯설고 언어 소통이 안 돼서 적응하기 굉장히 힘들었다. 하지만 시간이 지나면서 중국 학교에 적응하게 되고 중국어 실력이 늘면서 중국 친구들과 중국어로 대화를 할 수 있게 되었다.

나는 중국 유치원을 다닌 후에 중국 초등학교에 입학하였다. 중국 학교를 다니면서 지금까지 가장 기억에 남았던 일들 중 한 가지는 국어(중국어) 선생님께서 '공자'와 관련된 시를 외우라고 시켰던 것이었다. 그 당시에는 공자라는 사람은 그저 '중국 사람이구나'라는 생각만 가지고 시를 억지로 외웠다. 하지만 지금 생각해 보면 내가 꿈꾸고 있는 방송연출가와 논어에서 공자가 한 말들이 의외로 많은 관련이 있다는 것을 발견했다. 그래서 내 꿈인 방송연출가와 논어 속 공자가 한 도덕적인 말들을 연관시켜 글을 한번 써 볼까 한다.

나의 꿈은 방송연출가가 되는 것이다

나는 고등학교 1학년 2학기가 되어서 꿈을 확실히 정할 수 있었다. 그 전까지 꿈꿔 왔던 내 꿈들은 사실 내가 진짜로 원했던 꿈은 아닌 것 같다는 생각이 든다. 지금 내 꿈은 미래에 방송연출가가 돼서 바쁘게 방송국을 돌아다니는 것이다. 내가 고등학교를 올라오고 나서 진로에 대해서 진지

하게 고민하고 있을 때 그동안 내가 좋아해서 했던 것들과 그나마 잘하는 것들을 생각해 보았다. 나는 중학교 때 교내에서 진행된 미디어와 관련된 행사를 많이 참가했고, 영상을 제작하고 편집하는 작업이 너무 좋았다. 내가 그나마 자신있는 활동이 영상을 제작하는 활동이었기 때문이다. 그 래서 영상, 미디어와 관련된 직업이 나에게 적합할 것 같다는 생각이 들었 다. 그 후로 인터넷으로 직업조사를 해 보다가 방송연출가라는 우리가 흔 히 알고 있는 방송 PD라는 직업을 알게 되었고, 그날부터 내 꿈은 방송연 출가 되었다.

논어 구절과 방송을 연관지어 책을 쓰기 위해서는 논어책을 제대로 읽 어보고 글을 쓰는 게 더 좋을 것 같다는 생각이 든다. 그래서 시간을 내어 서 책을 읽어 보려고 했지만 독서와 거리가 먼 나에게는 쉽지만은 않았다. 게다가 논어책은 어려운 한자들이 대부분 차지하고 있고 책 두께마저 두 꺼웠기 때문에 거부감이 많이 들었다. 하지만 나는 이해는 못하더라도 읽 는 것부터 시작하자는 마음으로 책을 읽기 시작했다. 아니다 다를까 책의 내용이 쉽게 이해가 가지 않았다. 처음 읽었을 때는 얼마 읽지 않고 바로 책을 덮어 버렸지만 마음을 다시 잡고 시간을 쪼개가며 책을 읽다 보니 공 감되는 문장들과 방송에 관련된 문장들을 찾을 수 있었다.

1.
논어로
방송의
공익성을
찾다

공자는 기원전 551년 춘추전국시대 노나라에서 태어나 유학을 창시한 사람이다. 중국 춘추시대의 위대한 학자이자 사상가이자 교육가로서 유가를 창시했고, 노나라 사람들로부터 국부라고 불릴 정도로 많은 이들의 존경을 받았다. 인과 예를 실현하고 주나라의 문화와 교육에 헌신하며 평생 뛰어난 제자를 숱하게 배출했다. 우리가 알고 있는 '논어'는 공자의 제자들이 스승 공자와 대화한 내용을 엮은 책이며, 동서고금을 막론하고 가장 널리 읽히고 사랑받는 고전이다. 특히 중국을 비롯한 동아시아의 철학 정치사상 전반에 가장 깊은 영향을 끼친 책으로 꼽힌다.

방송이란 라디오, 텔레비전 따위를 통하여 널리 듣고 볼 수 있도록 음성

출처 : https://blog.naver.com/kcc1335

이나 영상을 전파로 내보내는 일이며, 특정 지역을 대상으로 유선으로 행하는 것을 포함하기도 한다. 방송의 본질은 인간을 위한 방송에 초점을 맞춰야 하며, 사회의 삶의 터전을 위해 이바지해야 하며, 나눔을 실천해야 한다. 방송은 사람, 사회, 그리고 우리 모두를 위해 있어야 한다.

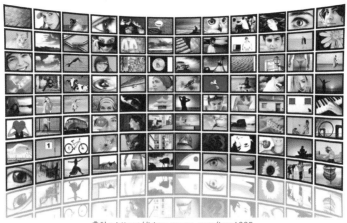

출처 : https://blog.naver.com/kcc1335

　최근 들어 텔레비전을 틀어 보면 다양한 채널들과 프로그램들이 나온 것을 볼 수 있다. 시청자들이 원하는 프로그램들을 제작하고 촬영하기 위해서 선정적이고 자극적인 화면을 내놓는다. 그만큼 프로그램의 시청률 경쟁이 굉장히 치열해진 것을 볼 수 있다. 이런 자극적인 채널들과는 달리 공익성과 사회적 필요성을 인정하여 고시한 방송 분야에 속하는 채널이 있다. 바로 공익채널이다. 방송통신위원회는 방송법 제70조 제8항 및 동법 시행령 제 56조의 2에 따라 매년 심사를 거쳐 공익채널을 선정하고 있다.

　방송의 공익성은 시청률과 방송에 의한 보도가 공정하고 객관적이어야 하며, 성별, 연령, 종교, 신념, 계층, 지역, 인종 등을 행하는 방송사업자가 그 방송 분야의 범위 안에서 방송을 하는 경우에는 그렇지 않다. 방송의 공정성은 방송법 제6조에서 정하고 있다.

　공익성의 사전적 의미는 영리를 목적으로 하지 않고 공공의 이익을 도모하는 성질을 말한다. 방송에서 추구할 수 있는 영리란 ppl, 중간광고, 그리고 특정 인물에 대한 홍보 등이 있다. 나는 개인적으로 방송의 퀄리티를 높이기 위해 발생하는 필수불가결한 비용은 정직한 영리 활동을 통해 적정선 안에서 취하는 것은 옳다고 생각한다. 그럼에도 불구하고 나는 방송연출가의 자질로서 가장 중요하게 생각하는 것은 방송의 공익성을 지키는 정신을 마음속에 새기는 것이라고 생각한다. 왜냐하면 방송연출가라면 방송을 통해서 시청자들에게 올바르고 정확한 정보를 전달하는 역할을 충실히 임해야 된다고 생각하기 때문이다.

논어 학이편에 '본립도생'이라는 말이 있다.
'君子는 務本이니 本立而道生하나니 孝弟也者는 其爲仁之本與인저

또한 방송연출가라면 기본적인 것들은 꼭 지켜야 된다고 생각한다. 그 기본적인 것들 중에 가장 중요한 것이 바로 '방송심의규정'이라고 나는 생각한다. 이와 비슷하게 군자도 늘 기본에 충실했으며 기본을 지키려 노력했다. 기본을 세워야 도를 얻을 수 있기 때문이다. 효도와 공경이라는 것은 아마도 인을 행하는 근본인 듯하다 라는 뜻이다.
또한 공자는 말했다.
"군자는 도에 뜻을 두지 먹는 것에 뜻을 두지 않는다. 농사에 힘써도 굶주림이 그 가운데 있지만, 배우면 녹봉이 그 가운데 있으니, 군자는 도를 걱정하고 가난을 걱정하지 않는다."

공자는 공손함이 사람의 근본임을 강조했고, 군자는 기본을 다지는 데 힘을 써야 함을 강조했다.

방송심의규정에 따르면 방송은 사람의 존엄성과 가치 및 민주적 기본질서를 존중해야 하며 타인의 명예를 훼손해서는 안 된다. 또한 부도덕한 행위를 해서는 안 되고 상대적 소수집단 이익을 충실하게 반영하도록 노력해야 한다. 우리와 같은 시청자들은 방송연출가들이 프로그램을 제작하기 위해서 많은 고민과 노력을 해서 기본에 충실한 재밌고 좋은 콘텐츠를 많이 만들어 주기를 원한다.

2.

방송심의

규정

속

논어

1. 프로듀스 101 투표조작 논란

방송심의규정

제14조(객관성) 방송은 사실을 정확하고 객관적인 방법으로 다루어야 하며, 불명확한 내용을 사실인 것으로 방송하여 시청자를 혼동케 하여서는 아니 된다.

子曰, "人之生也直, 罔之生也幸而免."(옹야편 17장)
공자가 말했다. "한 사람이 살아가는 것은 정직으로부터 비롯되는 것인데, 정직하지 않으면서도 살아가는 것은 요행으로 재앙을 벗어난 것이다."

한창 인기가 많았던 한국 예능 프로그램 '프로듀스 101'은 온라인 문자투표 조작 의혹으로 화제가 되었다. 프로듀스 101은 아이돌이 되고 싶은 101명의 사람을 뽑아서 시청들의 온라인 문자투표를 통해서 최후 10명 이내의 인원을 뽑아서 데뷔를 시키는 시청자 참여형 프로그램이다. 하지만 시청자 투표 부분에서 대형 소속사의 입김과 부당한 돈을 받고 부정투표를 해서 조작이 됐다는 기사들이 떠서 논란이 됐다. 이뿐만 아니라 현재 많은 프로그램들이 거짓방송을 하고 있다.

이런 거짓 프로그램들은 더 이상 방송을 하면 안 된다고 생각한다. 왜냐하면 거짓방송은 꿈을 이루기 위해 노력한 출연자들을 기만하는 것이고, 출연자들을 응

출처 :https://m.post.naver.com/viewer/
postView.nhn?volumeNo=7040737
&memberNo=3294624&vType=VER
TICAL

원하고 지지하는 시청자들 또한 기만하는 것이므로 방송심의규정에 어긋난다. 이런 상위계층들을 위한 특혜는 공정성에 위반된다고 생각한다. 이 뿐만 아니라 일부 예능들은 대본을 미리 만들어서 배우들에게 대본대로 행동하라며 거짓방송을 내보내는 경우도 있고 가수들 사이에서는 유명 가수들처럼 되려고 음원사재기 같은 정직하지 못한 행위들이 점점 늘고 있는 것을 볼 수 있다. 그러므로 하루라도 빨리 이런 거짓방송들이 없어져야 된다. 방송은 항상 정직하게 시청자들에게 보여줘야 되고 객관적이고 정확한 방법들로 시청자를 혼동케 해서는 안 된다고 생각한다.

출처 : https://news.naver.com/main/read.nhn?oid=082&aid=0000963063

2. 효린, 파격 의상에 엇갈린 반응 "화려했다" VS "민망하다"

방송심의규정

제35조 (1) 방송은 부도덕하거나 건전치 못한 남녀관계를 주된 내용으로 다루어서는 아니 되며, 내용 전개상 불가피한 그 표현에 신중하게 기하여야 한다.

子曰, "關雎, 樂而不淫, 哀而不傷."(팔일편 20장)
공자가 말했다. "[시경] [관저] 편은 즐거우면서도 음란하지 않고, 슬프면서도 마음을 상하게 할 정도에 이르지 않는다."

걸그룹 '씨스타' 출신 가수 효린이 '2018 KBS 연기대상' 축하 무대에서 선보인 의상을 두고 온라인 커뮤니케이션에서 엇갈린 반응을 보이고 있다.

가수 효린이 2018년 KBS 연기대상 축하 무대에서 파격적인 의상으로 시청자들에게 큰 논란이 되었었다. 그녀는 무대에서 입고 있던 재킷을 벗어던졌고 그의 몸에 착 달라 붙어 있는 의상을 입었다. 이에 온라인 커뮤니티 등에서는 다양한 의견들이 나오고 있다. '걸크러쉬가 느껴지는 화려한 무대였다'라는 반응과 '온 가족이 보고 있는데 민망했다'는 의견으로 나뉘고 있다.

나는 후자의 의견이 옳다고 생각한다. 왜냐하면 이 방송을 청소년인 내가 봤을 때도 굉장히 민망하다는 생각이 들었고, 이런 프로그램이 전체 연령대가 시청할 수 있는 채널에 방송되어도 되나싶을 정도의 생각이 들었기 때문이다. 게다가 고등학생인 나보다 어린 초등학생들이 이 방송을 봤

번지수 잘못 찾은 효린의 파격 무대 2019.01.01.

효린은 지난해 마지막 날 '2018 KBS 연기대상'에서 축하 무대에 노출이 심한 보디슈트를 입고 등장해 파격적인 무대를 선보였다. ... 효린은 2부 진행에 앞서 무대에...

스포츠월드 ✔ 연예 혹은 연애

♡ 3명이 추천했습니다.   ☐ 0

"과해VS멋져"…효린, 'KBS연기대상'서 파격 축하무대 2019.01.02.

사진='2018 KBS연기대상' 방송화면 캡처 [이데일리 스타in 김윤지 기자]가수 효린이 파격적인 축하 무대를 선보였다. 효린은 지난 31일... 공연으로 무대에...

이데일리 ✔ 스타in

♡ 1명이 추천했습니다.   ☐ 1

효린 의상 논란? '동공 지진' 일으킨 무대 비하인드 공개 2019.01.29.

효린은 지난해 12월31일 서울 여의도동 KBS홀에서 열린 '연기대상' 2부 축하무대에 올랐다. 효린은 무엇보다 열심히만 하면... 언급되자 무대만 올라가면 넘치는...

세계일보 ✔ TV연예

출처 : https://m.post.naver.com/viewer/postView.nhn?volumeNo
=17473244&memberNo=15305315&vType=VERTICAL

을 때의 반응은 굉장히 부담스럽고 시청하는 데에 많은 불편함이 있을 것 같다는 생각이 든다. 그러므로 대중 시상식에서 과한 노출이 있는 선정적인 의상은 어린이와 청소년이 모두 시청할 수 있는 전체 연령대 프로그램에 적합하지 않다고 생각한다.

3. '비정상'과 '정상회담'을 합친 언어유희

子曰, "恭而無禮則勞, 愼而無禮則葸, 勇而無禮則亂, 直而無禮則絞. 君子篤於親, 則民興於仁, 故舊不遺, 則民不偸."(태백편 2장)
공자가 말했다. "공손하되 예의가 없으면 헛수고일 뿐이고, 신중하되 예의가 없으면 유약하며, 용기가 있되 예의가 없으면 어지럽고, 솔직히 예의가 없으면 각박하고 남을 해피게 된다. 군자가 자신의 가족을 후대하면 백성들에게 인의 기운을 일으키고, 군자가 옛 친구를 버리지 않으면 백성들의 감정이 각박해지지 않는다.

'비정상회담'이라는 프로그램은 JTBC에서 2014년에 시작한 프로그램이며 밤마다 방송하는 토크 프로그램이다. 12개국 출신의 20~31대 남성 출연진들이 한국 사회에 관한 하나의 주제를 놓고 다양한 관점에서 토론을 진행하는 방식을 취하고 있다. 이름은 '비정상'과 '정상회담'을 합친 언어유희다.

나는 이 프로그램은 우리가 시청하기에 좋은 프로그램이고 장점이 많은 프로그램인 것 같다. '비정상회담'은 하나의 주제를 선정한 뒤 각 나라를 대표하는 사람들이 출연해 주제에 맞게 다양한 의견들을 제시해 토론

을 통해서 여러 나라 사람들의 의견들이 공존한다. 정해진 틀에서의 사람들의 의견을 듣는 것이 아니라 다양한 사람들의 생각이 있는 의견을 들을 수 있어서 더 좋았고, 그동안 우리나라 사람들의 생각만 들었다면 이 프로그램은 여러 나라 사람들의 생각을 들어볼 수 있고 그것을 통해 우리는 더 다양하고 새로운 내용을 알 수 있다.

또한 여러 나라를 대표하는 사람들은 토론을 진행하는 과정에서 예의바른 모습을 보여 주었다. 이들은 상대방이 말할 때 귀를 기울이며 열심히 경청하는 모습을 보여 주었으며, 때론 장난스럽게 대화를 이어갈 때도 있지만 주로 말을 할 때 서로에 대한 예의를 지키면서 프로그램을 진행하는 것을 볼 수 있었다.

4. 한국 최초 역사 프로그램 '역사저널 그날'

방송심의규정

제7조 (5) 방송은 민족의 주체성을 함양하고 민족문화의 창조와 계승, 발전에 이바지하여야 한다.

子曰, "君子博學於文, 約之以禮, 亦可以弗畔矣夫!"(옹야편 25장)
공자가 말했다. "군자가 옛 문화전적을 널리 배우고 예로써 스스로 다스린다면 도에 어긋나지 않을 것이다.

'역사저널 그날'이라는 프로그램은 2013년 10월 26일부터 2016년 12월 17일까지 방영되었다가 휴식기를 거친 뒤 다시 2017년 6월 25일부터 방송 중인 KBS 1TV의 역사 교양 프로그램이다. 이 프로그램은 한국 최초 역사 프로그램이라고 할 수 있다. 처음에는 주로 조선 시대를 다루다가 2015년 8월 이후부터는 시간 순서대로 삼국 시대와 고려 시대, 조선 시대를 주로 다루고 있다. 그리고 2018년 9월 9일부터는 근현대사를 다룬, 역사를 세계에 알리는 그런 프로그램이다.

나는 이 프로그램에 대해서 잘 알고 있지는 않다. 이런 프로그램이 실제로 방송하고 있는지조차도 몰랐었다. 나뿐만 아니라 많은 사람들이 이 프로그램에 대해 알고 있거나 즐겨 시청하는 사람은 많지 않을 것이다. 왜냐하면 우리가 시청하기에 지루한 역사에 관한 프로그램이기도 하고, 우리가 이해하기도 어려운 내용을 다루고 있으며, 프로그램 자체가 사람들에게 널리 홍보가 되지 않은 상태이기 때문이라는 생각이 들었다. 그렇기

때문에 시청률이 높은 편은 아니다. 하지만 나는 우리나라의 민족 문화의 창조와 계승, 발전에 이바지하려면 이런 역사에 관한 프로그램이 계속해서 진행하는 게 맞다고 생각한다. 이런 프로그램이 진행하게 된다면 나처럼 역사에 관해 잘 몰랐던 사람들도 어느 정도 기본적인 것들을 이해할 수 있게 되며 또한 외국인들도 우리나라에 대해서 더 많은 것들을 알 수 있게 되고 우리나라를 널리 알릴 수 있는 기회가 될 수 있다.

5. 현빈보다 많이 등장한 음료수…
드라마 PPL 허용기준은?

방송심의규정

제46조

(2) 방송은 특정상품이나 기업, 영업장소 또는 공연 등(이하 "상품 등"이라 한다)에 관한 사항을 구체적으로 소개하거나 의도적으로 부각시켜 광고 효과를 주어서는 아니 된다.

(3) 방송은 상품 등과 관련된 명칭이나 상표, 로고, 슬로건, 디자인 등을 일부 변경하여 부각시키는 방법으로 광고효과를 주어서는 아니 된다.

不義而富且貴는 於我如浮雲이니라. (술이편 15장)
공자가 말했다. 의롭지 못한 방법으로 부하고 귀하게 되는 것은 나에게는 뜬구름과 같다.

우리가 자주 시청하는 드라마나 프로그램들 속에는 우리 눈에 거슬리거나 쉽게 알아차릴 수 있는 상품 광고들을 자주 볼 수 있다. 그것은 방송에 대한 몰입도를 쉽게 떨어뜨리고 시청을 방해하는 등 여러 가지로 시청자들을 불편하게 만든다. 그것을 바로 PPL이라고 한다.

PPL이란?
PPL은 영어 단어 'product placement'의 약자로, 상품을 직접 영화나 드라마 속에 등장시켜 시청자들에게 홍보하는 간접광고의 한 유형이다.

드라마마다 드라마 속에 나오는 PPL은 드라마가 제작되는 과정에서 매우 중요한 요소이다. 그러나 드라마의 연출마다 PPL이 달라지기 마련이다. 연출을 어떻게 하느냐에 따라 드라마 몰입을 방해하는가 하면, 전혀 PPL인지도 모르고 넘어갈 때가 있다. 사람들이 대부분 잘 알고 있는 드라마 '알함브라 궁전의 추억'과 '태양의 후예'가 그 예이다.

드라마 '알함브라 궁전의 추억'은 2018년 12월 1일에 시작해서 1월 20일까지 방송했다. 이 드라마는 쉽게 볼 수 없는 독특한 소재의 드라마이다. 증강현실을 드라마에 접목해 현실 세계에서 선보이는 증강현실 게임은 흥미를 불러일으켰다. 그만큼 시청자들의 호불호도 많이 갈렸었다.

하지만 이후 드라마 내용이 잘 전개되었다가 갑자기 눈에 확 들어오는 간접광고들은 시청자들에게 큰 실망을 안겨 주었다. 똑같은 자동차, 샌드위치 브랜드인 '서브웨이', 음료 브랜드 '토레타'가 계속해서 나왔으며 결말 부분에서는 대놓고 광고들을 과시했다. 결국 이 드라마는 시청자들에게 PPL만 남겨주었고 지상파에서 볼 수 없었던 케이블 드라마만의 독특한

출처:https://m.post.naver.com/viewer/postView.nhn?volumeNo=17642979&memberNo=38212397&vType=VERTICAL

소재에 비해 소재가 지닌 화제성을 제대로 살리지 못했으며 결말마저 제대로 마무리 짓지 못한 PPL 드라마로 몇몇 시청자들에게 남겨졌다.

나는 이 드라마가 방영하고 있을 때 흥미롭게 봤던 시청자들 중 한 명이라고 할 수 있다. 이 드라마는 내가 그동안 봐왔던 드라마들과는 달리 독특한 내용을 다룬 드라마였다고 할 수 있다. 하지만 드라마에 집중하다가 중간중간에 PPL 때문에 집중할 수 없었다. 예를 들어 갑자기 장소가 한 샌드위치 가게로 바뀐 장면을 보고 조금 뜬금없다는 생각을 했다.

간접광고들이 나와서 보기에 많이 불편했다는 평들이 나왔다.

6. 청소년 드라마 '드림하이'

방송심의규정

제43조

(2) 방송은 어린이와 청소년의 균형 있는 성장을 해치는 환경으로부터 그들을 보호하고 어린이와 청소년에게 유익한 환경의 조성을 위하여 노력하여야 한다.

(3) 방송은 어린이와 청소년에 대한 사회의 관심과 이해의 폭을 넓히 는데 이바지 하여야 하며, 특히 경제적 사회적 문화적 정신적 신체적으로 어려운 처지에 있는 어린이와 청소년에 대해 지속적인 관심을 갖도록 노력하여야 한다.

子曰, "不憤不啓, 不悱不發. 擧一隅, 不以三隅反, 則不復也."(술이편 8장)
공자가 말했다. "배우는 사람이 발분하지 않으면 그를 계발해 주지 않았으며 더 듬거리지 않으면 말을 일러주지 않았으며 한 구석을 들어서 세 모퉁이를 돌이키지 못했다면 다시 가르쳐주지 않았느니라."

드라마 '드림하이'는 2011년 1월 3일부터 2011년 2월 28일까지 KBS 2TV에서 방영된 드라마이다. 이 드라마는 자신의 꿈을 향해 최선을 다해 노력하는 모습을 담은 청소년 드라마다. 가수를 꿈꾸는 고등학생들이 멋진 가수가 되기 위해 노력하는 과정에서 등장인물들의 고민거리와 친구들과의 경쟁 등등 현재 청소년들이 공감할 수 있는 내용을 보여 준다. 또한 현재 공부 하나만을 위해서 살며 부모의 눈치와 압박감 속에서 모든 스트레스를 다 받으며 사는 청소년들과 달리 이 드라마에서는 등장인물들의 자유로운 모습도 보여 주고 자신이 갖고 있는 성격을 아낌없이 사람들

에게 뽐내며 주변 사람들을 의식하지 않고 오직 자신의 길을 걷는 고등학생들의 모습을 보여준다.

나는 이 드라마를 재미있게 본 사람들 중 한 명이라고 할 수 있다. 드라마 초반에는 주인공들이 본인의 꿈을 정하지 않은 상태에서 방황하다가 선생님 한 분을 만난 뒤 자신의 꿈을 정하게 되고 그 꿈에 대해 확실해진 후 꿈을 향해 열심히 달리는 모습을 보고 나도 저들처럼 내 꿈을 향해 열심히 노력하고 뭐든지 부딪혀 보고 최선을 다해야겠다는 생각을 하게 되었다. 그리고 자신의 꿈을 확실히 정하지 않고 공부만 하는 고등학생들에게 이 드라마를 추천하고 싶다는 생각이 들었다.

미국에서는 자율성을 강조하여 학생 중심의 교육을 제공하고 있다. 학생들은 개개인의 소질과 적성에 맞추어 다양한 교육 선택권이 있다. 미국은 학생 하나하나에 대해 상대적으로 교육을 시킨다. 학생들은 자기가 듣고 싶은 과목들을 들을 수 있다. 왜냐하면 학생들마다 잘하는 것이 다르고 좋아하는 것이 다르기 때문이다. 그리고 미국은 한국처럼 선생님들이 칠판 앞에서 혼자 수업하는 방식으로 가르치지 않고 학생들과 함께 토론하는 식의 수업을 한다.

나는 한국의 교육제도가 점점 더 강해지고 있다고 생각한다. 비록 나는 현재 중국에 재학 중이지만 만약 한국에서 한국의 교육방식을 받고 살고 있다면 아마 스트레스를 굉장히 많이 받고 버텨내기 힘들었을 것이다. 나는 공자가 말한 것처럼 강제로 공부를 시키는 주입식 교육이 아니라 배우는 사람이 스스로 깨우쳐 공부에 압박을 받지 않고 스스로 공부하는 방식의 교육을 원한다.

7. 아름다운 한글을 퀴즈로 풀어보는 '우리말 겨루기'

방송심의규정

제51조

(1) 방송은 바른말을 사용하여 국민의 바른 언어생활에 이바지하여야 한다.

(2) 방송언어는 원칙적으로 표준어를 사용하여야 한다. 특히 고정진행자는 표준어를 사용하여야 하며, 어린이 청소년을 주시청 대상으로 하는 방송프로그램에서는 바른 표기법을 사용하여야 한다.

子曰, "學而時習之, 不亦說乎? 有朋自遠來, 不亦樂乎? 人不知而不慍, 不亦君子乎?"(학이편 1장)
공자가 말했다. "배우고 때때로 그것을 익히면 이 또한 기쁘지 않은가? 벗이 있어 먼 곳으로 찾아오면 이 또한 즐겁지 않은가? 남이 알아 주지 않아도 노여워 하지 않으면 또한 군자 답지 않은가?"

'우리말 겨루기'는 KBS 1TV에서 매주 월요일 저녁에 방송하며 여러 참가자들이 모여서 아름다운 한글을 퀴즈로 풀어보면서 대결을 펼치는 퀴즈 프로그램이다. 무엇보다 우리말 하나만 다루기 때문에 타 퀴즈 프로그램보다 난이도가 높은 편이다. 우리말의 단어, 맞춤법, 띄어쓰기, 문학 등여러 부류를 깊게 출제하고 대한민국 역대 퀴즈 프로그램들 중 최강의 난도를 자랑하는 프로그램이다.

나는 이 프로그램이 우리들이 시청하기에 좋은 프로그램이라고 생각한다. 그 이유는 이 프로그램을 통해서 한국인들이 몰랐던 우리 말을 더 많

이 알게 되고 그동안 잘못 알았던 단어들, 그리고 말들을 이 프로그램을 통해서 고쳐나갈 수 있다는 점들 때문이다. 또한 한국인뿐만 아니라 외국 사람들이 이 프로그램을 시청하게 되면 대한민국이라는 나라에 대해서 더 많이 알게 되고 우리나라에 대해서 더 많은 호기심을 갖게 될 수도 있다. 그러므로 나는 이 프로그램을 사람들에게 널리 알리고 싶고 '가는 말이 고와야 고운말이 온다'라는 속담처럼 이 프로그램을 통해서 바른언어를 사용했으면 좋겠다.

8. '내 손안의 부모님' 첫 출격…
효도, 제대로 한번 해 보자!

방송심의규정

제27조

(1) 방송은 품위를 유지하여야 하며, 시청자들에게 예의를 지켜야 한다.

(2) 방송은 저속한 표현 등으로 시청자들에게 혐오감을 주어서는 아니 된다.

子曰, "父在觀其志, 父沒觀其行, 三年無改於父之道, 可謂孝矣."(학이
편 11장)
공자가 말했다. "아버지가 살아 계실 때에는 부모에 대한 자식의 마음을 관찰하
고, 아버지가 돌아가셨을 때에는 그 행동을 관찰하는 것이니, 3년 상을 잘 준수
한다면 가히 효라고 할 수 있다."

이름만으로도 가슴 먹먹해지는 존재 부모님과의 이야기를 담아낸 '내 손안
의 부모님'은 MBN에서 2017년 1월 8일부터 2월 12일까지 방영한 예능이다.

나는 사실 이런 프로그램이 있었는지조차도 몰랐다. 이번 책 쓰기를 통
해서 인터넷 검색을 하다가 우연히 발견하였다. 비록 이 예능이 시청자들
에게 널리 알려지지 않아서 조금 아쉽지만 이제라도 이런 효를 주제로 만
든 프로그램을 알게 되어서 다행이다. 최근 들어 부모님에게 효도하고 부
모님과 같이 출연하는 프로그램들이 늘고 있다. 나는 이런 프로그램들이
계속해서 늘어났으면 좋겠다고 생각하고 시청자들이 이런 프로그램들을
보고 생각이 많이 바뀌었으면 좋겠다는 생각이 든다.

공자는 효를 실천할 때 물질적 봉양뿐만 아니라 마음의 공경을 강조했다. 공자는 그의 제자 자유가 효에 관해 묻자, "요즘 사람들 효도하는 방법은 그저 부모님에게 물질적인 봉양만 잘해 주면 된다고 생각하는데, 그런 물질적인 봉양은 자신이 아끼는 개나 말한테도 할 수 있는 것 아니겠는가. 그러니 진정으로 부모를 공경하는 마음이 없이 그저 물질적 봉양만 해준다면 이것은 자기가 아끼는 개나 말에게 잘 먹이고 잘해 주는 것과 무슨 차이가 있겠는가?"라고 말했다.

부모에 대한 공경한 마음 중 하나는 얼굴빛을 바르게 하는 것이다. 공자는 자하가 효에 대해 묻자, "부모님 앞에서 얼굴빛을 잘 관리하는 것은 정말 어려운 일이다. 젊은 사람들이 부모님 고생을 대신하고 술과 음식이 있으면 어르신 먼저 드리는 것 이것이 진정 효라고 생각하는가?"라고 하며, 얼굴빛을 바르게 하는 것, 즉 공손하고 웃는 얼굴빛을 보이는 것이 참된

효 가운데 하나라고 말했다. 그리고 자신의 이름을 날려 부모의 이름을 더럽히지 않고 높이는 것도 효의 마지막이라고 했다.

내가 생각하는 효는 그렇게 거창하지 않고 생각보다 굉장히 간단하다. 공자가 말한 것과 같이 나는 효가 물질적인 것, 그리고 그 순간에만 부모에게 잘하는 것이 아니라 평소에 잘하는 것, 그리고 부모와의 소통이 진정한 효라고 생각한다. 물질적인 것은 그 순간에만 좋을 뿐이다.

3.
공자와의
상담을
통해서
방송연출가로의
자질
찾기

나는 꿈을 정했지만 그 꿈에 대해서 더 자세한 내용들과 많은 정보를 알고 있어야 된다고 생각한다. 그래서 인터넷 검색으로 유명한 방송연출가들을 찾아 보기도 했지만 자세한 정보를 얻지 못했다. 그러다가 이번 기회에 논어를 읽게 되었는데 읽다가 이상하게 공자가 한 말들이 내 진로 고민에 대해서 많은 조언을 해 주고 있다는 기분이 들었다.

지금까지 살아오면서 나만 생각하면서 이기적인 삶을 살지는 않았나 라는 생각, 다른 사람을 도울 때 내가 할 수 있는 최선을 다해서 상대방에게 도움을 주었나, 또는 내 일이 아니더라도 적극적으로 나서서 상대방에게 도움을 주었나 라는 생각을 하게 되었다.

좋은 방송연출가가 되려면 상대방을 배려할 줄 알아야 하고, 나만 생각하는 사람이 되지 말아야 하며, 상대방도 이해하는 것이 좋은 방송연출가가 되는 길이라고 생각한다.

솔직함과 정직함

曾子曰, "吾日三省吾身, 爲人謀而不忠乎? 與朋友交而不信乎? 傳不習乎?"(학이편 4장)
증자가 말했다. "나는 매일 나 자신을 세 번 반성한다. 남을 위하여 일을 하는 데 최선을 다했는가? 벗들과 교류함에 믿음을 주었는가? 스승께 배운 것을 실천했는가?
여기에서 '충'은 "국가에 충성하다."의 '충성'의 의미가 아니라 '진심왈충', 즉 "마음을 다하다."의 뜻이다.
[설문]에서 신은 신, 성야로 풀이된다. 그리하여 신은 성의 외화된 표현이다.

공자는 방송연출가가 되기 위해서는 아무리 본인이 기획하고 싶은 프로그램일지라도 결국 시청자들을 위해서 만든 프로그램이므로 자신의 생각대로만 만든 프로그램보다는 시청자들이 좋아하고 자주 찾을 만한 내용을 고려해서 제작해야 한다. 또한 시청자들이 좋아할 만한 피디가 되기 위해서 시청자들에게 그리고 주변 사람들에게 신뢰를 줄 수 있게 솔직하고 정직한 프로그램을 제작해야 한다. 라고 공자는 나에게 조언을 해 주는 것 같았다.

사람마다 제각각 좋아하는 사람이 있고 싫어하는 사람이 있다. 나도 마찬가지이다. 좋아하는 사람과 있으면 심적으로 안정되고 편하게 대화를 이어갈 수 있지만 싫어하는 사람을 보거나 함께 있으면 그 사람에 대해서 부정적인 생각을 하게 되는 것 같다. 한 사람을 싫어하는 마음을 계속 가지게 되면 결국 스스로가 더 많은 스트레스를 받게 될 것이고 계속해서 부정적인 생각만 하게 될 것이다. 뭐든지 부정적으로 생각하는 것보단 차라리 긍정적인 마음가짐을 갖는 것이 스스로가 더 좋은 영향력을 가질 것이다.

내가 미래에 방송연출가가 되면 나는 방송국에서 일을 하게 될 것이고 방송국 안에서는 나와는 다른 성격을 가진 많은 사람들을 만날 것이다. 내가 좋아하는 사람, 싫어하는 사람들을 자주 만나게 될 것이다. 그러므로 나는 아무리 싫어하는 사람이 있어도 그 사람을 이해해 보려고 노력하고 싫어하는 마음을 없애 보도록 노력하는 자세를 가져야 한다. 누구든 널리 사람들을 사랑하고 인덕한 사람이 되어야 한다. 그러려면 인덕한 사람들과 친밀하게 교류를 해야 하며, 학문을 배워야 한다.

예의를 갖추고 공손한 태도

子曰, "弟子, 入則孝, 出則悌, 謹而信, 汎愛衆, 而親仁. 行有餘力, 則以學文."(학이편 6장)
공자가 말했다, "제자들은 집안에서는 부모에게 효도하고 밖에서는 어른에게 공손하며, 언행은 신중하고 믿음을 주며, 널리 사람들을 사랑하고 인덕한 사람과 친밀하게 교류해야 한다. 이렇게 행하고 여력이 있으면 학문을 배워야 한다."

공자가 한 이 말은 나에게 이렇게 들렸다. 방송연출가가 되면 많은 스태프들과 의견을 공유하며 끊임없는 소통이 오고 갈 것이다. 프로그램을 제작할 때 많은 작가들과 함께 기획하고 제작한다. 때문에 항상 언행을 신중하게 해야 하고 상대방에게 믿음을 줄 수 있는 행동을 하며 출연자들을 지휘해야 한다. 또한 자신이 가장 존경하고 좋아하는 피디가 있다면 그 피디를 스승으로 여기고 예의를 갖추며 공손한 태도를 보여야 한다. 그러면 어느 순간 성장한 자신을 볼 수 있을 것이고 훌륭한 방송연출가가 될 수 있다.

유명하고 멋지고 사람들이 알아 주고 사람들이 좋아해 주는 방송연출가 되기 위해서는 어떻게 행동해야 하는지, 어떤 마음가짐을 가져야 하는지에 대한 고민을 하고 있을 때 공자가 한 말이 머릿속에 떠올랐다.

子曰, "蓋有不知而作之者, 我無是也. 多聞, 擇其善者而從之, 多見而識之, 知之次也."(술이편 27장)
공자가 말했다. "어느 것도 알지 못하면서 오히려 무엇을 창조해 냈다는 사람이 있다. 나는 결코 그렇게 한 적이 없다. 많이 듣고서 그중 취할 만한 것을 배우며, 많이 보고 마음속에 기억하는 것, 이것이 차선의 지혜이다.

끊임없이 배우려는 자세

子曰, "溫故而知新, 可以爲師矣."(위정편 11장)
공자가 말했다. "옛 것을 공부하고 배운 바를 익혀 이로써 새로운 것을 알면 곧 스승이 될 수 있다."

공자는 나에게 말했다. 유명한 방송연출가들을 보면 대부분 여러 곳을 다니며 그곳에서 새로운 것을 많이 배우고 성장하며, 다양한 경력을 쌓고 끊임없이 노력하며 많은 것을 배우고 자신의 실력을 입증한다. 그러므로 방송연출가는 쉽게 될 수 있는 직업이 아니고 쉽게 높은 자리에 올라갈 수도 없는 직업이다. 그러므로 방송연출가로서 높은 자리를 쉽게 얻고 올라가려는 마음은 버리고 차분하고 겸손하게 끊임없이 배우고 노력하는 자세를 가지면 언젠간 좋은 결과가 꼭 찾아올 것이다.

학교 수업 시간을 예로 들자면 나는 학교에서 수업을 들을 때 수업내용을 완벽하게 이해하지 못한다. 나뿐만 아니라 대부분의 학생들도 그럴 것이라 생각한다. 그럴 때마다 선생님께서, "아는 건 안다고 말하고 모르는 건 모른다고 말해. 그게 제일 중요한 거야."라고 말씀하신다. 나는 이 말이 옳다고 생각한다. 왜냐하면 나는 종종 모르는 것들도 안다고 말하고 쉽게 그 상황을 넘어가려고 한다. 하지만 그런 행동은 옳지 못한 행동이다. 모르는 것이 있으면 다시 질문을 해서 스스로 확실하게 이해를 하고 넘어가는 것이 중요하다. 내가 어떤 실수를 저질렀을 때 그 습관 같은 실수들을 고치는 일은 쉽지 않다. 실수를 고쳐야 된다는 것은 알고 있지만 습관이 되어서 잘 고쳐지지 않는 것 같다.

정직하고 솔직함

子曰, "由! 誨女知之乎! 知之爲知之, 不知爲不知, 是知也." (위정편 17장)
공자가 말했다. "유야! 너에게 가르쳐 주겠다. 아는 것을 안다고 하고, 모르는 것을 모른다고 하는 것, 이것이 아는 것이다."
해설 : 이 구절은 가장 소박하고 가장 평이한 언어로 표현된 진실이다.

子曰, "主忠信, 毋友不如己者, 過則勿憚改." (자한편 24장)
공자께서 말씀하셨다.
"충심과 신의를 주로 하고 자기보다 못한 자를 벗하지 말며 잘못이 있으면 고치는 것을 꺼리지 말아야 한다."

훌륭한 프로그램을 만들기 위해서는 가장 먼저 본인 스스로가 정직해야한다. 자신이 알고 있는 것은 확실히 표현하고, 모르는 것이 있으면 모른다고 솔직하게 말하고 인정하는 자세를 가져야 한다. 또한 자신이 가지고 있는 지식은 결코 전부가 아니기 때문에 자신이 갖고 있는 지식만으로 자만하는 자세를 가져서는 안 된다. '스스로가 옳고 틀림을 인정해야 성공하는 방송연출가가 될 수 있다.'라고 공자께서 조언해 주는 것 같았다.

스스로에 대한 엄격함

子曰, "自行束脩以上, 吾未嘗無誨焉." (술이편 7장)
공자가 말했다. "스스로 깨달아 엄격하게 자신을 수양해 진취적으로 나아가려는 사람의 경우, 나는 이제껏 이러한 사람에 대한 교육을 거절한 적이 없다."
해설: '자행속수이상'에서 '자행'은 '실행하다', '속'은 '스스로 엄격하게 하다'는 의미를 가지고 있다. '속수'는 '수'와 같은 의미를 가지고 있어 '엄격하게 요구하다'로 풀이한다. '이상'은 '적극적으로 항상 하려 하다'는 뜻으로 해석한다.

고등학교 2학년이 되고 난 뒤 나는 내 자신을 조금 엄격하게 다루려고 노력하는 중이다. 누군가 나에게 뭘 시켜서 움직이는 것보다 내가 스스로 무엇을 결정하고 움직이는 내가 되고 싶다. 나중에 성인이 되고 원하는 직업을 갖고 사회생활에 첫 발을 내디뎠을 때 내가 직접 결정하고 스스로 해야 할 일들이 많아질 것이다. 그때를 대비해서라도 나를 더 성장시키기 위해서라도 지금부터라도 적극적으로 해 나아가야겠다는 생각을 많이 하게 되었다. 방송연출가라는 직업은 결코 쉬운 직업이 아니다. 프로그램을 제작하기 위해서 아이디어를 내서 제작해야 되며 시청자들이 좋아하는 프로그램을 제작하기 위해서는 고민하고 또 고민해야 한다. 만약 시청자들이 내가 제작한 프로그램이 재미없어 하고 좋아하지 않는다고 하면 그 프로그램에 대한 악플이 굉장히 많이 생길 것이다. 그때 볼 악플들을 이겨 낼 강한 마음가짐도 필요하다.

　고등학교 2학년이 돼서 처음으로 학생회장이라는 자리를 맡게 되었다. 그래서 고민과 생각들이 예전보다 많아졌다. 나는 다른 친구들처럼 공부를 잘하거나 그렇다고 똑부러지는 편이 아니기에 내가 학생회장을 맡으면 잘할 수 있을까 라는 생각을 굉장히 많이 했다. 나중에 내가 누구로부터 어떤 임무를 맡게 되었을 때 어느 누구한테도 피해가 가지 않게 성실하게 해내야겠다는 생각을 많이 했다. 처음 선생님으로부터 어떤 임무를 맡게 되었을 때 나는 혼자 열심히 생각하고 또 고민했다. 그리고 1학기가 지난 지금 나를 되돌아 보면 공자만큼 한평생 성실히 임해 오진 못했지만 그래도 많은 일들을 나름 열심히 해온 것 같다는 생각이 든다.

끊임없이 노력하는 태도

子曰, "我非生而知之者, 好古敏以求之者也."(술이편 19장)
공자가 말했다. "나는 태어나면서부터 곧 만사를 안 것이 아니고, 옛것을 좋아하여 성실하게 노력하여 그것을 구한 자이다."
해설 : 일평생 성실하게 노력했던 공자의 모습이 그대로 전해진다.

　처음부터 유명한 방송연출가 될 수 있는 확률은 그리 높지 않다. 밑에서부터 차근차근 성실히 해나가면 최후에는 좋은 방송연출가가 될 수 있다. 내가 만약 나중에 방송국에 입사하게 된다면 초반에는 나보다 높은 자리에 있는 사람들에게 많은 임무를 받게 될 것이다. 그런 상황이 온다면 아무리 힘든 일일지라도 긍정적인 마음으로 최선을 다해서 성실하게 임해야 한다. 그리고 그 후에 내가 높은 자리에 올라가더라도 꾸준히 열심히 하는 자세와 마음가짐을 가져야 한다.

많은 구절은 아니지만 내가 방송연출가라는 직업을 꿈으로 정하고나서 많은 고민을 했다. 예를 들어 내가 그 꿈을 이뤘다면 과연 잘해 낼 수 있을까? 많은 사람들 사이에서 잘 살아남을 수 있을까? 라는 많은 생각과 고민을 했다. 그때 공자를 알게 되었고, 논어를 보게 되었다. 논어를 읽다 보니 공자가 한 많은 구절들이 내 고민을 해결해 주는 것 같았다.

글을 마치며…

사실 나는 글과 친하지 않다. 어쩌면 지금도 그럴지도 모른다. 그래서 글을 쓰는 것은 나에게는 힘들고 상상도 하지 못할 일이다. 그래서 어렸을 때부터 다른 친구들이 독서를 할 때 나는 친구들과 뛰어놀기 바빴다. 내가 지금 가장 후회하는 것은 어렸을 때부터 책 읽는 습관을 들이지 않은 것이다. 그때 친구들과 노는 시간을 조금만 줄이고 책 한 권이라도 더 읽었으면 지금 책을 쓰는 과정이 좀 더 수월하지 않았을까 라는 생각을 한다.

내가 이 글을 쓰기 전 논어책을 읽어야 했을 때 솔직히 읽기 전부터 많이 막막할 것이라고 생각했다. 논어책의 첫 페이지를 펼쳤을 때 처음으로 했던 생각이 억지로라도 일단 읽어 보자 라는 생각을 갖고 읽기 시작했다. 하지만 생각했던 것 만큼 논어책을 읽는 것이 어렵지 않았다. 아마 책 밑에 있는 해설들이 나에게 도움이 많이 되었을 것이라는 생각이 든다. 나는 책에 있는 모든 내용을 완벽하게 이해하진 못했다. 아마 책의 절반만 이해했을지도 모른다. 하지만 내 기준에서 책을 꾸준히 읽고 마음에 드는 구절을 표시해 가며 읽었다는 것에 나에게 조금이나마 칭찬을 해주고 싶다.

내가 논어책을 읽으면서 가장 두려웠던 점이 하나 있다면 바로 책을 다 읽는 것이다. 책을 다 읽고 나면 읽은 것을 토대로 내 생각을 쓰는 것이 조금 두려웠다. 처음에는 글이 조금씩 써져서 다행이라고 생각했지만 글을 쓰면 쓸수록 내가 무슨 말을 쓰고 있는지 모르겠고 주제에서 벗어나는 글들을 쓰고 있는 나를 발견했다. 분명 얼마 쓰지도 않았는데 더 이상 쓸 말이 없고 뭘 써야 할지 모르겠다는 생각도 들면서 자꾸 쓰고 싶지 않다는 핑계거리들을 찾고 있었다. 그리고 글쓰는 것을 접어야겠다고 생각을 할 때쯤에 한 친구가 나에게 많은 도움을 주었다. 그 친구는 내 옆에서 계속 나를 채찍질하며 할 수 있다고 응원을 해 주면서 많은 아이디어를 내줬다. 이렇게 글쓰는 것을 마무리할 수 있다는 생각이 든다.

내가 이번에 이렇게나마 내 진로와 관련지어 글을 쓸 수 있어서 정말 좋은 일이라고 생각한다. 그리고 중간에 그만두고 싶다는 생각을 수없이 많이 했지만 그래도 끝까지 포기하지 않고 마무리지을 수 있어서 정말 좋은 기회였다고 생각한다. 이번 글쓰기를 통해서 나는 내 글쓰기 실력이 조금이나마 늘었다고 생각을 한다. 또한 내 진로에 대해서 더 확실해졌다는 생각이 들었고 내 진로에 관해서 더 많은 것을 알게 되었고 더 깊이 알게 되었다. 한 가지 확실한 것은 이번 글쓰기는 나에게 정말 좋은 기억이 될 것이고 좋은 추억이 될 것이다.

피디의
지침서,
논어!

김미현

목차

● 김미현 프로필(PD를 꿈꾸는 중국 웨이하이한국학교 12학년)

아름다울 미(美), 어질 현(賢), 아름답고 착하게 살라는 의미인 이름을 가진 19살 김미현인 나는 처음 중국에 온 나이는 6살이었다. 어릴 때부터 긍정적이고 밝았고 커서도 항상 발랄함을 유지하는 나는 사람들과 어울리길 좋아하고 겉과 속이 같은 사람이다. 나는 나서길 좋아하고 무언가 상상에서 멈추는 것보다 행동으로 실천하는 것을 좋아하는 사람이라 피디라는 직업에 매력을 느꼈고 미래에 내가 피디가 되어서 나의 상상들을 품 나는 작품들로 사람들에게 보여지는 것을 꿈꾼다. 이 책엔 내가 생각하는 이상적인 피디의 모습과 나의 이야기가 담겨있다. 이 책을 쓰면서 나는 꿈에 대해 더욱 구체적인 계획을 세울 수 있었고, 그로 인해 빛나는 미래에 한 발짝 가까워진 것같아 뿌듯 하기만 한 날들이었다. 이 책은 나의 진로, 논어에 관한 이야기일 뿐만 아니라 나의 고등학생 시절의 흔적이고, 기록이다. 서툴고 투박한 나의 글이 남들에게 보여지는 것이 조금은 걱정되지만 많은 사람들에게 나의 이야기가 공감받길 바라본다.

프롤로그

나는 글쓰는 것을 좋아하던 아이였다. 로컬학교(중국)에 다닐 땐 혼자 무작정 아무렇게나 쓰다가 한국학교로 전학 오고 나서 글에 대해서 제대로 배우게 되면서 글에 대한 흥미가 더 많아졌다. 한국학교를 다니면서 나의 글을 사람들에게 보여줄 기회가 종종 생겨 나의 글에 대한 공감을 얻을 땐 정말 즐거웠다. 그렇게 나는 여러가지 일에 흥미를 느끼다 교내 방송부에 들어가게 되었다. 매주 수요일 점심엔 내가 쓴 글로 진행되는 방송이 나에겐 커다란 행복으로 다가왔다. 그때부터 마음속에 피디라는 꿈이 생기기 시작했다. 하루의 방송을 내가 기획하고 사람들의 반응을 확인하는 일들은 꿈을 점점 키워나가게끔 했다. 그러다 다른 학교로 전학을 가게 되면서 방송부와 함께 피디라는 꿈도 점점 잊혀져 갔다. 글쓰기를 좋아하긴 했지만 자신감도 점점 잃던 와중 이렇게 진로 책쓰기라는 좋은 반에 들어오게 되었다. 그곳에서 나는 나의 꿈인 피디를 다시 한번 확신할 수 있게 되는 계기가 되었고, 또 나의 글을 여러 사람에게 보여줄 수 있는 좋은 기회를 갖게 된 것이다.

논어, 진로, 책 쓰기?

처음 논어를 맞닥뜨렸을 땐 웬 논어? 싶었다. 내가 중국에 12년 가까이 살았지만 나에게 논어란 정말 먼 존재였기 때문이다. 나는 딱딱하고 유교적 사상이 덕지덕지 붙어 있는 논어와는 달리 자유로운 것을 추구하며 틀에 박힌 고정관념에 대해서는 진절머리를 치는 성격이었다. 그러한 성격 때문에 많은 지적을 받은 적도 있고 논어에서 제일 중요하게 생각하는 인, 예, 덕을 하나도 쌓아 놓지 않아 인간관계에서도 많은 어려움을 겪었다. 세상엔 여러 생각이 있는데 몇백년 동안 어떻게 한 가지 생각만을 고집해? 라는 생각에 논어가 밉기도 했다. 하지만 18살인 지금 내 자신에게 제일 후회되는 것은 '왜 진작 논어를 읽으려 노력하지 않았을까'였다. 논어는 중국에 살면서 어느 서점에 가든 기본적으로 꼭 한권씩은 빠지지 않고 있어 가장 접하기 쉬운 고전이지만 왜 고등학생 2학년이 돼서 처음 두꺼운 논어책을 펼치게 되었는지 뒤늦게 후회했다. 나름 중국어를 잘하고 한자를 잘 안다고 자부했지만 처음 책을 폈을 때 알 수 없는 글자들에 이해하기 힘든 내용들까지, 읽는 것부터가 힘들었다. 하지만 꾸준히 읽어 내려가면서 우리가 흔히들 알고 있는 도덕적 의미부터, 이런 것도 논어의 내용에 포함되어 있었어? 하는 것들까지 다양한 내용에 대해 알게 되었다.

나는 어떤 문제에 부딪혔을 때 나 스스로에게 끊임없이 질문하며 그 답을 찾으려 노력했다. 가끔 나 스스로 해결할 수 없고 대답할 수 없는 질문들은 압박감과 부담감으로 느껴졌다. 피디라는 진로가 생겨서도 마찬가지였다. 하지만 논어를 읽으면서 공자의 제자들은 질문이 생길 때마다, 서슴없이 공자에게 질의응답하는 모습들이 너무 부러웠다. 때로는 은밀하고 수치스러울 수도 있는 일들을 공자에게 아무렇지도 않게 해답을 구하는 모습이 부담감을 느끼던 나와는 다르게만 느껴졌다. 그리하여 나도 만인의 스승 공자에게 조금은 기대보고자 했다. 나의 최대의 고민거리인 진로를.

"공자 선생님, 저는 제 진로에 대해 확신이 없습니다. 어떻게 하면 좋을까요?"

나는 피디라는 진로를 정해 놓고도 거듭되는 고민을 멈출 수 없었다. 내가 과연 이 직업을 할 수 있을까? 나와 맞는 직업일까? 그때 가서 되돌아오기엔 너무 벅찬데 마냥 호기심으로 시작할 수 있을까? 등등 내게는 너무나 많은 질문들이 나를 덮쳐오고 있었다.

나의 질문에 대한 공자의 답변은 이러했다.

"종오소호(從吾所好) 내가 좋아하는 것을 하리라
-인생은 단 한 번뿐이다. 내 것의 소유만큼 내 삶의 의미에 집중하자."

어떻게 보면 가장 기본적이고 당연한 말이지만 나에게는 큰 도움이 되는 말이다. 내가 호기심이 생기고 하고 싶은 마음이 있다면 그저 해 보면 되는 일이다. 인생은 단 한번뿐인데 이것저것 고민하다 내가 좋아하는 것을 놓치는 일은 너무 어리석은 일이었다.

나의 질문에 대한 공자의 또 다른 답변은 이러했다.

"불가이위(不可而爲) 안 되는 줄 알면서 시도하다
-실패는 피해야 하지만 혐오해서는 안 된다. 실패도 성공만큼 나를 키운다."

해 보지도 않고 실패가 두려워 지레 겁먹는 일은 논어에 나오는 이상적인 사람의 모습과 거리가 멀다. 실패를 무서워하지 않고 실패가 있더라도 맞서는 게 오히려 나를 성장시키는 하나의 받침판 역할을 한다고 생각하기 때문이다. 공자의 이 답변 또한 나에게 큰 도움이 됐다. 마냥 두려워하면 달라지는 게 있을까? 때로는 슬픔도, 실패도, 쓴맛도 겪어 봐야 완벽한 형태가 된다. 마냥 행복하고 탄탄대로에 단물만 잔뜩 빤 상태로는 작은 시련에도 큰 고비를 얻을 수 있다. 그리하여 나는 잔잔한 실패 따위는 두려워하지 않겠노라고 결심했다.

이렇게 공자는 나에게 진로에 대한 확신을 점점 쌓아 주었다. 지레 겁먹고 다시 포기하려 했던 나의 꿈에 한 발자국 더 가까워진 느낌이었다. 물론 이 두 구절 말고도 나의 마음을 울리고 진로에 대한 확고함을 세워 주는 문구들은 더 많았다. 그렇지만 가장 직설적이고 뚜렷하게 나에게 와닿은 것들은 위의 두 구절이었다. 논어가 그저 따분한 고전인문학이라고 생각했던 나는 커다란 행성을 맞아 머리가 어떻게 된 것처럼 처음 논어를 읽었을 때의 그 충격은 이루 말할 수 없었다. 평소 쌓여 있던 나를 향한 질문들이, 나를 억누르던 부담감들이 절로 해소되는 느낌이었다. 내가 어떤 질문을 하더라도 모든 답이 다 담겨 있기 때문이었다. 무슨 질문을 하든 아무 페이지나 열면 질문에 대한 답을 적어 놓은 책처럼 논어는 내게 그런 존재였다. 문제지의 답안지처럼, 간단명료하게 답을 내어 주는, 나의 인생의 스승, 공자.

끝없는 질문에도 명확하게 답을 주는 논어 속에서 나는 그렇다면 피디가 되고 나서 내가 또다시 난관에 부딪혀 공자의 답변이 필요해질 때, 그때도 논어는 내게 도움을 줄 수 있을까에 대한 의문이 생겼다. 그래서 논어를 또다시 읽기 시작했다. 수차례 정독하고 보니 피디가 필요로 하는 많은 지식들이 담겨 있음을 알 수 있었다.

꾸준히 논어를 읽으면서 정말 와닿는다고 느껴진 부분들에 하나하나 포스트잇을 붙이다 보니 어느새 책 대부분이 포스트잇으로 덕지덕지 붙여져 있었고 책을 다 읽고 포스트잇 붙인 부분을 계속해서 여러 번 반복해서 보던 나는 이렇게 그 문장들로 책을 쓰게 되었다.

2018년 겨울방학 때부터 시작하게 된 진로 책 쓰기는 어느새 2019년 2

학기인 지금까지 나의 책 쓰기를 위한 준비를 차곡차곡 쌓아 주었고 하루하루 나의 책이 출판되는 모습을 상상하고 머릿속에 그려보며 책을 써 내려갔다. 물론 쉽지만은 않은 과정이었다. 확실한 나의 진로를 정하는 것, 나의 진로와 관련지어 책을 쓴다는 것 모두 나에겐 낯선 일이었다. 아직 반도 살지 않은 나의 인생을 책임질 직업을 정한다는 일이 너무 거창하게 다가왔다.

하지만 나의 그러한 생각을 바뀌게 해 준 것이 바로 이 책 쓰기였다. 그저 내가 관심 있는 분야, 내가 좋아하는 부분, 하면서 내가 행복한 것들을 천천히 알아가다 보니 어느새 나의 진로는 확고해졌고 이렇게 책 한 권을 완성하게 되었다. 책 쓰기를 준비하면서 나는 나에 대해 잘 아는 것의 중요성을 깨달았고, 지금까지의 나는 나에 대해 참 무지한 사람이었구나. 라는 것을 알게 되었다. 나에 대한 지식을 채웠으니 나를 더 발전 시킬 방법은 논어라고 생각했다. 그렇게 나를 발전시켜 줄 논어를 계속해서 읽어 내려가며 살면서 지켜야 하는 기본적인 것들이면서도 지키기 어려운 것들에 대해서 배우게 되었다. 마냥 고지식해 보였던 논어의 구절들도 삶을 살아가고 원활한 인간관계를 위해서라면 무조건적으로 필요한 것들이었고 혼자 살아가는 세상이 아닌 모두가 함께하는 세상을 만들기 위해서라면 없어서는 안 되는 아주 진귀한 것들이었다. 나는 무엇을 얻고자 이러한 것들을 잃고 살았으며 무엇을 위해서 이러한 것들을 외면했는지 지난날들을 후회하며 한 구절 한 구절씩 읽어 내려갔던 것 같다.

방송연출가는 라디오 또는 텔레비전의 프로그램을 기획하고 제작한다

인터넷에 방송 연출가를 검색하면 나오는 방송연출가란 직업의 의미이다. 흔히들 티비에서 보는 많은 방송들이나 라디오를 통해 듣는 수많은 라디오 프로들 모두 방송연출가 즉 피디라는 직업을 가진 사람들이 직접 기획하고 제작한다. 그렇다면 이 책을 읽는 사람들은 어쩌면 피디에게 도덕적 규범은 왜 필요하며 논어랑 무슨 연관성이 있냐고 의문점을 제기할 수도 있겠다. 이 책을 쓰고 있는 사람, 또 피디를 꿈꾸는 사람으로서 나는 피디에게 논어는 꼭 필요한 요소라고 당당히 말할 수 있다.

그 이유는 피디가 기획하는 라디오와 텔레비전의 프로그램들은 엄연한 공익성을 띄는 대중 매체이기 때문이다. 대중 매체를 직접 기획하고 연출하는 사람은 대중이 쉽게 접근할 수 있는 대중 매체를 도덕적으로 어긋나지 않게 만들어야 할 의무가 있다. 특히나 대중 매체는 접하는 대상이 불특정하고 아무나 쉽게 접할 수 있는 매체이기에 더욱 조심해야 한다. 예를 들어 어린 아이들이 자극적이고 불건전한 내용의 방송을 접했을 때 아이들은 아이들만의 순수성을 잃고 방송으로 인해 어릴 때부터 도덕에 어긋난 가치관을 갖고 자라 아이들의 인생에 엄청난 타격을 입을 수 있다. 그러니 한국방송은 심의규정을 갖고 그 규정에 따라 수위를 알맞게 조절해 가며 방송을 기획하고 연출한다. 그리하여 나는 내가 생각하는 피디로서 지켜야 할 도덕적 규범들을 논어에서 찾아 연관지어 보았다.

논어, 피디의 지침서?

피디라는 꿈을 갖고 논어를 읽기 시작하니 논어의 수많은 어록들이 피디를 꿈꾸는 자들, 현재 피디로 활동하는 사람들에게 하는 말들 같았다. 피디로서 지켜야 할 도덕적 규범들, 피디로서 가지고 있어야 할 마인드들이 전부 논어가 바탕이라고 생각될 정도로 논어는 피디라는 직업과 상당히 밀접한 관련성을 갖고 있었다. 표절, 자극적인 내용, 정직함 등은 피디로서 반드시 버리거나 지켜야 할 것들인데 그 내용들이 모두 고스란히 논어에 제시되어 있기 때문이다. 나는 그래서 논어를 피디의 지침서라고 하고 싶다.

부패된 언론, 해결책은 논어

대한민국의 언론, 많은 사람들도 인지하고 있듯이 문제점이 상당히 많다. 객관성을 유지해야 할 언론이 부패된 현실 속에서 가장 적합한 방법은 논어라고 생각한다. 헤드라인만 거창하고 막상 들어가보면 알맹이가 없는 기사들을 많이 접해 봤을 것이다. 조회수를 올리기 위해 자극적인 제목으로 사람들을 들어오게끔 하는 기사들은 논어 속 가르침을 받아 사람들에게 정확한 정보만을 전달하도록 해야 한다. 요즘 사회적 문제로 인식되는 악플은 오래 전부터 두각을 드러냈지만 아직도 해결되지 않고 있다. 논어 속 공자의 가르침으로서 악플의 해결책을 찾아 보았다.

장수 프로그램의 비결은 논어 속에

장수 프로그램들의 장수 비결을 알아보면 모두 다 하나같이 논어에서 쉽게 찾아볼 수 있는 것들이다.

'무한도전'의 소박한 마음, 허물을 가리기보단 드러내고 변명하기보단 사과하려는 자세, 훌륭한 리더십까지 논어에서 얘기하는 요소들을 포함시켜 그들의 프로그램들을 꾸려나갔기에 무한도전은 10년이라는 시간동안 꾸준히 사랑을 받으며 막을 내릴 수 있었다.

'전국노래자랑'은 군주처럼 살아온 유일한 MC 송해와 쉽게 달라지지 않는 꾸준함으로 40년 가까이 사랑을 받아온 프로그램이다. 이러한 프로그램에서 나는 논어에서 빠지지 않고 얘기하는 군주의 모습, 변하지 않고 유지하는 옛것들을 보았다.

마지막으로 '그것이 알고 싶다'에서는 피디들이 충실하는 자신의 역할, 남들이 외면해도 자신들이 알리고자 하는 것들에 대해선 집요한 제작진들은 논어에서 말하는 학문에 대한 자세, 자신이 말하고자 하는 것에 있어선 망설임이 없어야 한다는 것에 대해 깨달았다.

이러한 장수 프로그램들의 비결은 하나같이 논어 속에 답이 있었다.

앞으로 나와 논어

이렇게 바쁜 현대 속에 치어서 사는 사람들에게 또는 피디를 꿈꾸는 사람들에게 이 책이 올바르게 이끌어가는 지침서 또는 가이드가 됐으면 하는 마음으로 페이지를 채워 갔고 부족하지만 나만의 책을 완성하고 나서는 쉽게 얻지 못하는 것들을 얻었다. 나는 단지 논어책 한 권을 다 읽고 논어에 관한 책을 썼다고 논어를 완벽히 학습했다고 생각하지 않는다. 그렇게 가볍게 공부하기엔 논어는 상당히 심오하고 깊은 학문이기 때문이다. 책을 다 쓰고 난 지금도 나는 논어, 또 공자의 삶에 대한 호기심이 더 깊어졌고 꾸준하게 공자와 제자들의 어록에 대해 공부하고 싶은 마음이다.

제 1장
논어는
피디의
지침서?

남의 창작물이나 아이디어를 표절하면 안 된다

　최근 자기 작품에 대한 권리가 강화되면서 저작권에 대한 관심이 높아졌다. 저작권이란 개념은 언제부터 생겨났고, 표절이 범죄로 규제된 것은 어떠한 계기로부터 시작된 것일까.

　저작권이란 저작권 법에 의해 보호되는 저작자의 권리로, 모든 창작물은 그에 보호를 받는다. 표절이란 다른 사람의 창작물의 일부 혹은 전부를 몰래 따다 쓰는 행위를 일컫는다. 저작권을 침해하고 표절을 하는 행위는 범죄에 속한다. 실제로 우리나라에서도 표절을 해 논란이 생긴 사례가 많다. 가수 아이비의 '유혹의 소나타'의 뮤직비디오가 '파이널 판타지 7 어드벤트 칠드런'을 도용했다는 이유로 서울고등법원의 판결로 4억원을 배상해야 했다. 그 외에 임재범의 '이 밤이 지나면', 조용필의 '돌아와요, 부산항에', MC몽의 '너에게 쓰는 편지' 등 여러 사례가 있다.

　방송 표절에 관한 규정은 2012년 12월에 규제되었다. 방송통신심의위원회의 방송심의에 관한 규정 제34조, "방송은 국내외의 다른 작품을 표절하여서는 아니 된다."라고 규정되어 있다.

　전 세계적으로 방영되고 있는 프로그램들 중심에는 TV 포맷 비즈니스가 형성되어 있다. 방송 포맷이란 시리즈로 제작되는 프로그램에서 각각의 에피소드를 구성하는 기반의 요소 중 변화하지 않고 유지되는 요소들의 집합을 가르키는 개념이다. 즉 프로그램을 완성시키는 데에 있어 필요한 정보와 노하우라고 할 수 있다. 이 포맷과 관련해 중요한 점은 포맷의 권리 보호가 애매하다는 것이다. 우리나라 지적재산 법을 보자면 인간의 창조적 활동은 무형적인 것으로서 재산적 가치가 실현될 수 있는 것으로

중국 내 한국방송포맷 표절 의혹 현황(2014~2016.9)

연도	한국 제목	한국 방송국	중국판 제목	중국 방송국
2014	꽃보다 누나	TVN	꽃과 소년	후난위성TV
	1박2일	KBS	스타가족의 1박2일	산둥위성TV
	개그콘서트	KBS	모두 함께 웃어요	장수위성TV
2015	무한도전	MBC	극한도전	동방위성TV
	대단한 시집	JTBC	스타가 우리집에 왔어요	장수위성TV
	히든싱어	JTBC	은장적 가수	동방위성TV
	너의 목소리가 보여	MNET	우적가신아	아이치이
	영웅호걸	SBS	우상이 왔다	후난위성TV
2016	안녕하세요	KBS	사대명조	동방위성TV
	판타스틱 듀오	SBS	아상화니창	후난위성TV
	심폐소생송	SBS(코엔미디어)	명곡이었구나	장수위성TV

자료 한국콘텐츠진흥원 한국콘텐츠진흥원 북경사무소

정의되고 있지만 법은 나라마다 다 다르기 때문에 표절 사례는 끊임없이 발생되고 있다.

표절을 하는 것이 불인한 행동임은 모두가 아는 사실임에도 다른 프로그램의 포맷을 그대로 베끼거나 표절하는 일은 빈번히 벌어지는 일이다. 최근 한국의 여러 방송을 표절한 중국 방송들이 논란이었다. 앞서 말했던 다른 나라의 포맷을 표절하는 것은 나라별로 지적재산 법안의 기준이 다르기에 처벌이 어려운 점을 이용한 것이다. '쇼미더머니'를 표절한 중국의 랩오브차이나, '윤식당'을 표절한 '中餐厅' 등등 판권을 사서 그들만의 기획을 첨가해 정당하게 프로그램을 기획하는 피디들도 있는 반면 원작자의 허락과 동의를 구하지도 않은 채 흥행한 방송의 포맷을 자신들의 입맛에 맞게 가져오는 것은 공자가 논어에서 가장 중요시하는 '仁'과는 반대되는 행동이다.

다음 기사들은 중국의 포털 사이트 百度에서 한국 방송, 표절에 관련된 기사들의 헤드라인을 캡쳐해 온 것으로 중국인들의 표절방송에 대한 반응을 볼 수 있었다. 방송을 접하는 대중들조차 그들의 적나라한 표절이 부끄

럽다고 표현하였고, 중국 방송이 한국방송을 표절했다는 주제로 한 기사
들은 셀 수 없이 많았다. 그렇다면 표절을 한 중국 피디들도 자신들이 잘
못된 일을 저질렀다는 사실을 알고 있을 텐데 왜 그동안 사과문을 기재하
거나 방송을 조기종영하는 일이 없었을까.

　인이란 어질다는 뜻으로, 공자가 선의 근원이자 행의 기본이라고 강조
하는 유교 용어이다. 남의 작품을 자신의 기획물인양 마음대로 가져다 쓰
는 것은 말 그대로 도둑질이다. 물질적인 것만 도둑질을 할 수 있는 것이
아니다. 남의 생각, 남의 창작물을 몰래 베껴 자신의 수익창출에 이용한
다면 행의 기본이라고 하는 인이라는 유교 정신을 철저히 무시한 것이라
고 할 수 있다.

　子曰：“我未見好仁者 · 惡不仁者. 好仁者, 無以尙之; 惡不仁者, 其爲
仁矣, 不使不仁者加乎其身. 有能一日用其力於仁矣乎? 我未見力不足
者. 蓋有之矣, 我未之見也.”(이인편 6장)

공자는 말했다. 나는 인덕을 좋아하는 자를 본 적이 없고, 또 불인을 미워하는 자역시 본 적이 없다.

공자가 말했듯이 인을 행하며 사는 것은 쉬운 일이 아니다. 왜냐하면 나를 위하는 것만큼 남을 위해야 하기 때문이다. 또한 인이란 무엇이다라고 정확하게 정의내리기 힘든 것이기 때문에 모든 일에 선행을 베풀고 선하게 살고자 하는 것은 어려운 일이라는 것이다. 마찬가지로 자신만의 아이디어를 떠올려 새로운 창작물을 만드는 것보다 남의 창작물을 베껴 편하게 연출하는 것이 편한 길일 수도 있다. 하지만 그것은 베낀 창작물의 원작자에게 피해를 끼치는 일이고 정직하지 못한 일이기 때문에 공자의 인과는 반대된다고 할 수 있다.

원작자인 제작진들이 아이디어를 생각해 내고 제작하기까지 힘든 과정을 거쳤을 것이다. 그런 과정과 원작자의 권리를 침해하며 손쉽게 가져다 자신의 창작물인양 이용한다면 정직하지 못한 것으로 불인이라는 것이다.

피디는 자신의 이름을 걸고 티비 프로그램을 연출하고 또 그것을 전국적으로 송출한다. 이러한 부분에 있어서 표절을 하고 남의 작품이 자신의 것인 것마냥 막 가져다 쓰는 것은 자기 자신의 얼굴에 침을 뱉고 먹칠을 하는 것과 똑같다고 생각한다. 만일 자신의 작품이 하찮고 마냥 비루하게 느껴진다면 다른 사람들의 작품을 베낄 것이 아니라 자신의 작품 또한 베끼고 싶을 정도로 멋있는 작품으로 만들도록 노력하는 것이 공자가 알려주는 해결방안이다.

子曰: "苟志於仁矣, 無惡也."(이인편 4장)
공자는 참으로 인에 뜻을 둔다면 악한 짓은 하지 않는다고 말했다.

남의 떡이 더 커 보이고 부러워도 남에게 피해가 가는 일은 해서는 안 된다. 암만 이득이 중요하고 이익만 챙기는 자본주의 세상에 살아간다고

출처 : http://m.post.naver.com/viewer/postView.nhn?volumeNo=9128432&
memberNo=36206011&vType=VERTICAL

해도 행동하기 전에 마음속에 인을 한번 더 새기고 실천할 수 있도록 노력
하자. 악을 담을 수 없도록 마음을 인으로 꽉 채우면 절대로 악이 들어오
지 못할 것이고 남이 피해를 입던 말던 나만 좋으면 그만이라는 마인드는
사라질 것이다.

子曰: "知之者不如好之者, 好之者不如樂之者."(옹야편 18장)
공자가 말했다. "총명한 자는 총명하지 못하나 학문을 좋아하는 자만 못하고,
학문을 좋아하는 자는 학문을 즐거움으로 여기는 자만 못하다."

재능이 넘치고 뛰어난 두뇌를 가진 사람이라고 하여도 자신이 하고자
하는 일을 열심히 연구하고 공부하는 사람보다 뛰어나다고 할 수는 없다.
좋은 프로를 만들기 위해서 공부하고 연구하는 것이 즐겁고 보람찬 사람
이라면 언젠간 자신만의 독창성 있고 많은 사람들의 박수를 받을 수 있는
프로를 만들 수 있을 것이다.

남을 비난하거나 서로를 헐뜯는 내용은 부적절하다

요즘은 '디스'(DISS)라는 명목으로 서로를 비난하고 헐뜯는 내용이 공공연하게 티비 프로그램에 등장하고 있다. 디스란 디스리스펙트(disrespect, 무례)의 준말로 상대방의 허물을 공개적으로 공격해 망신을 주는 힙합의 하위문화를 일컫는다. 이러한 힙합 문화가 어쩌다 대한민국 방송 프로그램의 유행이 되었나를 곰곰이 생각해 보면 힙합이 점점 한국의 대중음악으로서 자리잡으면서 유교사상을 가진 한국 사람들이 힙합문화를 신기해하고 호기심을 가지면서 생긴 부작용이 아닐까 하는 결론이 났다. 일단 서로의 허점을 대놓고 드러내 상처를 주는 것은 공자의 유교와는 정반대되는 이야기다. 공자는 아는 것도 많고 자신의 배움을 최대한 많은 사람들에게 알리려고 한 사람이지만 남을 비난하거나 약점을 공격하는 사람은 아니었다.

물론 힙합의 디스는 사회적 약자였던 흑인이 자신들의 인권을 높이기 위해 쓰였던 방식이지만 현재 방송에서 이용되는 목적은 자극적인 것으로 시청자수를 높이기 위해 아무런 이유없이 서로를 비난하고 조그마한 실수에도 다같이 몰려들어 헐뜯기 바쁘다. 심지어 비난을 독설이라 포장하며 그것을 이미지로 만들어 소비하는 몇 연예인들도 있다. 그 예로 힙합 프로인 '쇼미더머니'가 있다. 이 프로는 힙합이라는 음악 장르 안에서 지원자들끼리 서바이벌을 벌이는 프로이다. '쇼미더머니'는 시즌 8까지 갈 정도로 많은 인기를 끄는 프로이다. 요즘 대중음악에 가장 인기있는 장르라고 할 수 있는 힙합을 이용한 프로그램인데, 인기 있는 래퍼들, 프로듀서들을 심사위원으로 출연시키고, 상금과 인지도를 위해 지원하는 몇 유명한 래퍼들로 인해 힙합을 좋아하는 사람들이 꼭 챙겨 보는 프로그램이었지만 대인기를 끄는 힙합 덕분에 '쇼미더머니'는 시즌 3부터 큰 흥행을 얻게 되었다. 그렇게 한국 힙합에 있어서 쇼미더머니가 빠질 수 없다는 얘기가 나올 정도로 '쇼미더머니'는 한국의 대중 음악에도 큰 영향을 끼치고 있다.

그런 '쇼미더머니'는 논어의 생각과 반대되는 부분이 있었다. 여러 가지 미션 중 디스 배틀이라는 것이 있는데 이 미션은 각자 디스할 지원자를 정하고 그 사람에 대해 디스할 가사를 준비해 공연날 많은 관객들 앞에서 그 사람의 허점이나 약점을 공개적으로 들추고 까내림으로써 미션을 진행하는 것이다.

출처 http://www.nbnnews.co.kr/news/articleView.html?idxno=316215

관객들은 더 잘 비난한 사람을 골라 투표하고 투표에서 이긴 사람이 서바이벌을 계속 이어 나갈 수 있다. 힙합이라는 장르를 주제로 하는 프로인 만큼 힙합 속에 담긴 여러 가지 문화들을 소개하고 활용하는 차원에서 디스 배틀을 만들었다 하더라도 남을 디스한다는 사실만 남긴 채 나머지 그 문화의 배경이나 사람들이 디스를 어떤 이유로 이용한 건지에 대한 설명은 전혀 제시되어 있지 않다. 그렇다면 이 프로는 힙합이라는 음악 장르를 알리는 부분에 있어도 실패한 것이다.

누구는 이 책을 읽고 디스를 표현의 자유라고 할 수 있지 않나? 라는 생각을 할 것이다. 자유가 강조되는 현대 사회에서 표현하고 싶은 말, 메시지를 전달하는 것을 유교 사상에 반대된다며 지적질하는 것은 오히려 너무 구시대적 발상이고 표현의 자유를 억제하는 일이라고 할 수도 있다. 무작위로 뽑은 디스 상대를 무작정 디스를 하고 상대방의 기분을 고려하지 않는 '쇼미더머니'의 디스 배틀을 표현의 자유로 보긴 어렵다. 또한 '쇼미더머니'를 가장 많이 보는 연령대는 10대에서 20대이다. 사고가 뚜렷하지 않은 시기에 디스라는 명목 하에 상대를 실랄하게 비난하는 것을 방송에 내보낼 만큼 잘못되지 않은 일이라는 사고를 키우게 되면 나중에 커서 그러한 사고를 통해 또 어떤 결과를 낳게 될 것인지는 그 누구도 장담할 수 없는 일이다.

만일 그들이 '쇼미더머니'의 디스 배틀을 디스 문화를 알리고 즐기기 위해서 이러한 미션을 만든 것일까? 나는 그렇지 않다고 생각한다. 그저 사람들이 방송에서 거친 말을 하고 서로를 비난한다는 화제성과 그것을 얻기 위해 힙합이라는 명분을 만든 것이다. 사람들은 언제부터 이렇게 아무런 목적 없이, 전혀 악감정이 없던 사람을 비난하고 까내리는 것에 무감각

'쇼미더머니8' 디스의 정석 유비.."센 척하지마"
스타뉴스   2019.09.07.   네이버뉴스
지난 6일 오후 방송된 Mnet 예능 프로그램 '쇼 미 더 머니 8'(Show Me The Money 8)에서는 '크루 디스 배틀'을 펼치는 도전자들의 모습이 담겼다. 이날 방송에서는 40 크루(스윙스, 키드밀리, 보이콜드, 매드클라운)의...

해진 것일까?

누구를 비난한다는 것의 정석을 따지고, 기사화시켜 대결의 승자는 누

[N답:풀이]⑥ EK·쿠기·오디·제네더질라 "'쇼미'는 축제…디스 배틀은 그만...
뉴스1   2018.11.09.   네이버뉴스
래퍼 EK와 쿠기, 오디, 제네 더 질라가 그 주인공이다. 네 사람 모두 이번 시즌 돋보였던 출연자들이다. EK는... <[N답:풀이]⑤에 이어> - '쇼미더머니'에는 디스전 배틀이 늘 나온다. 디스전을 하고 나면 기분은 어떤가....

구이고 패자는 누구인지 알리는 것이 과연 맞는 일일까? 디스 배틀을 이 긴다고 한들 자신도 누군가에게 비난 받았고 또 그 누군가에게 모진 말들을 뱉었는데 마냥 뿌듯해할 수 있을까?

실제로 디스 배틀에 참가한 참가자들은 디스 배틀을 그만 했음 좋겠다는 내용의 인터뷰를 진행한 적도 있다. 그들은 디스 배틀을 하고 나면 기분이 안 좋은 것도 사실이고, 유쾌하지만은 않다고 했다. 당사자들이 즐길 수 없는 배틀을 보는 사람들은 재밌어하고 환호한다는게 이해할 수 없는 점이었다.

이건 절대 옳다고 볼 수 없다. 상대방의 단점이나 약점을 가지고 피드백이 아닌 비난과 원치 않는 조언을 한다면 그것은 명백히 나의 잘못이고 상대방 가슴에 상처를 남기는 일이다. 뿐만 아니라 공익성을 띄는 대중 매체인 티비에 이러한 자극적인 내용을 내보낸다면 분명히 대중들에게 안 좋은 영향을 끼칠 것이고 '쇼미더머니' 프로처럼 상대방을 비난하거나 나쁘게 말하는 것에 대해 나쁘다고 생각하지 못하고 경각심 없이 따라하다 그것이 문화로 자리잡힐 수도 있는 것이다.

子曰: "攻乎異端, 斯害也已." (위정편 16장)
공자는 접학 혹은 여러 기술을 비판, 공격하는 것은 곧 해가 될 뿐이다. 라고 말했다.

우리는 부족한 사람은 포용하고 다독이며 격려하고 서로를 응원하며 같이 성장해 나가야 할 필요가 있다. 과열된 경쟁으로 이젠 같은 반 친구들끼리도 눈치를 보고 서로를 의식한다. 이런 점은 개인이 발전하고 사회가 발전하는 데에선 큰 도움이 될 수도 있겠지만 모두가 함께 성장하고자 한다면 더 큰 발전이 될 수 있을 것이라고 생각한다. 이렇게 서로를 디스하고 나무라는 것보다 부족한 점은 보완하라고 알려 주고 서로 피드백해 주는 깨끗한 사회가 되면 공자가 논어를 통해 강조하는 사회가 될 수 있을 것이라고 생각한다.

子曰: "惟仁者能好人, 能惡人."(이인편 3장)
공자는 오직 인자만이 어떤 사람이 좋은 사람인지 나쁜 사람인지 판별할 수 있다
고 말했다.

일단 남을 비난하기 전에 자신이 인을 완벽히 득한 사람인지 생각해 보자. 남의 잘못을 헐뜯기 전에 나는 잘못을 한 적이 있나 없나, 실수를 한 적이 있나 없나에 대해서 깊이 고민해 보자. 아니면 남이 나를 비난했을 때 느낀 느낌, 말과 함께 건네받은 감정들을 생각해 보자.

만일 자신도 실수를 저지른 적이 있고 인자라고 할 수 있을 만큼 인에 대해 해박하지 않다면 남을 비난하고 독설을 날리기보다 자신을 위해 또 상대방을 위해 공자의 말처럼 마음속에 인을 쌓자. 공자는 사람의 뜻을 세우고 인덕을 실행한다면 결코 악습이 있을 수 없다고 했다. 천천히 마음속에 인을 쌓아 그런 도덕적으로 어긋난 한국의 디스 문화를 없애는 것이 바람직하다고 생각한다.

자신의 유명세만을 쫓지 말자

　최근 유명한 피디들이 전보다는 많아졌다. 덕분에 피디라는 직업이 많은 주목을 받으며 각광받는 직업이 되었다. 또한 훌륭한 작품을 만들어 사람들에게 박수갈채를 받는 사람이 되어 피디 하면 떠오르는 사람이 된다는 것은 피디로서 더없이 뿌듯하고 마냥 좋을 일이다. 하지만 자신의 유명세를 위해 작품에 출연자보다 많이 출연하고 작품성보다는 자신의 이름만을 널리 알리려고만 하는 피디들이 있다.

　그런 사람들을 위한 공자의 말이 있다.

達巷黨人曰: "大哉孔子! 博學而無所成名." 子聞之, 謂門弟子曰: "吾何執? 執御乎? 執射乎? 吾執御矣."(자한편 2장)
이 말은 달항 고을에 사는 어떤 사람이 공자는 학문에 있어서 두루 알고 재능이 뛰어나지만 어느 것 하나 전문 분야에서 이름을 알린 것이 없다고 얘기하자 공자가 제자에게 내가 어느 것을 전공할까? 마차 몰기를 전공할까? 활쏘기를 전공할까? 마차 몰기가 더 쉬우니 마차 몰기를 전공해야겠다 라고 농담을 한 어록이다.

　이 어록에서 알 수 있다시피 공자는 자신이 어느 한 전문 분야에서 이름을 알리지 못한 것에 대해 전혀 개의치 않았다. 그저 공자는 군자는 원래 기물과 같이 전문인이 아니라고 얘기하며 자신이 유명하든 안 하든 그것은 딱히 신경 쓸 만한 가치가 없다는 듯이 제자들에게 농담으로 얘기하곤 넘어간다.

子曰: "不患人之不己知, 患其不能也." (헌문편 32장)
공자는 남이 나를 알아 주지 못함을 걱정하지 말고, 자신의 능하지 못함을 걱정
해야 한다고 말했다.

子曰: "不患無位, 患所以立 ; 不患莫己知, 求爲可知也." (이인편 14장)
공자는 지위가 없음을 걱정하지 말고 지위에 오를 때를 걱정하며, 자신을 알아 주
지 않음을 걱정하지 말고 알려질 수 있도록 노력해야 한다고 말했다.

  올해의 피디 상은 MBC에서 매주 화요일 방영되는 '피디수첩'의 박건식
피디가 받는다. '피디수첩'은 시사 프로그램으로 시대의 정직한 목격자가
되기 위한 성역 없는 취재를 지향하는 심층 탐사 보도 프로그램이다. 박건
식 피디는 지난 한 해 정치, 종교, 언론 등 성역 없는 비판으로 많은 이슈
를 만들었고, 조선일보 사주 일가의 문제를 고발했고 국가정보기관과 정
치공작의 권력 문제를 정조준했다는 이유로 수상을 했다. 사실 박건식 피
디는 일상생활을 하면서 피디에 특별히 관심이 있지 않는 한 들어보기 힘
들 정도의 유명세를 갖고 있다. 그런 그는 남들의 시선과 관심, 유명세에
연연하지 않고 그가 하고자하는 일, 잘못된 일을 잡아내고 취재, 방송을
통해 알려 언론으로서의 역할을 묵묵히 또 제대로 수행해 왔다. 그런 그가
유명하지 않다고 해서 아무도 몰라 준 것은 아니었다. 뛰어난 취재력으로
수많은 비리들, 사람들에게 잊혀진 것들을 밝혀내 피디 수첩의 최고 시청
률을 기록했다. 그런 공을 인정해 한국 피디 연합회에서 시상하는 상을 받
은 것이다.
  공자의 말씀대로 이름이 알려질 수 있도록 자신이 몸담고 있는 분야에
서 최선을 다하면 지위와 유명세는 저절로 따라오는 것이다. 나는 피디로

서 이름을 알릴 수 있는 최선의 방법은 자신의 작품성을 높이는 것과 남들과는 다른 독창성이라고 생각한다. 예시로 들었던 박건식 피디는 묵묵히 피디의 일을 하며 그의 능력을 최대치로 발휘해서 자신만의 길을 추구하는 것이 진정한 피디의 모습이고 자신의 이름을 알리는 유일한 방법이라고 생각한다.

소인이 아닌 군자가 되자

피디는 프로그램 전체의 연출과 기획을 맡는 사람으로서 방송의 흐름을 중심적으로 끌고 가는 사람이다. 피디는 기획, 제작, 연출, 편집까지 모든 부분에 신경을

출처 : https://m.post.naver.com/viewer/postView.nhn?volume No=17637975&memberNo=8254994&vType=VERTICAL

써야 하고 매주 시청자들의 반응에 전전긍긍하는 사람이다. 이렇게 고되고 힘든 직업 속에서 피디들은 종종 예를 잃곤 한다. 예민하고 치열한 방송국에서 매주 수치로 나오는 시청률 때문에 예를 잃어가는 것은 어떻게 보면 당연한 일이다. 하지만 그렇다고 해서 예를 잃고 소인의 모습으로 살아가는 것은 옳지 않다. 소인은 논어에서 흔히들 말하는 야박하고 자신의 이익만을 쫓는 마음이 작은 사람을 뜻한다. 반대의 의미로 인의 뜻을 마음에 담고 예를 지니고 덕의 가치를 아는 사람을 군주라고 칭한다. 이러한 의미에서 피디는 군주의 모습을 닮아야 한다.

엔터테이먼트 피디?

子曰: "君子之於天下也, 無適也, 無莫也, 義之與比." (이인편 10장)
공자는 군자는 천하의 일과 사람에 대하여 고정된 것이 없으며 오로지 의에 따라 처리할 뿐이라고 말했다.

피디도 군자처럼 고정된 일이 없다. 한 프로그램의 하나의 회차가 나오기 위해서 피디는 정말 수많은 일들은 한다.

그럴 때마다 피디는 항상 의를 마음속에 지니고 있어야 한다. 방송국에서 사람들끼리 부닥치고 일을 할 때는 예민한 상황이 없을 수가 없다. 그런 상황에서 자신이 예민하다고 언행을 예의 없게 하거나 행동을 예에 어긋나게 하면 사람들과의 갈등은 생길 수밖에 없다. 인을 행하며 살아도 생길 수 있는 게 갈등인데 내가 예민하다고 하고 싶은 대로 행동하면 갈등이 생길 뿐더러 좋은 신임을 받지 못할 것이다. 이러한 부분에서도 갈등 없이 원만하게 프로를 만드는 것 또한 피디의 임무이다. 피디는 사람과 직접 살을 부딪히며 일하는 직업이기 때문에 사람을 대하는 법 또한 잘 알아야 한다. 사람을 대하려면 일단 제일 중요한 것은 예, 인, 의 등이 있다. 논어에서 알려 주는 것들만 마음속에 품고 그것을 그대로 행한다면 사람들 간에 갈등이 생길 일은 전혀 없다. 오히려 화기애애하고 화목한 현장 분위기를 만들어 출연진들의 최대의 매력을 보여 줄 수 있도록 노력하고 예민한 상황에서도 오히려 화내지 않고 착하게 웃어 주는 피디가 내가 추구하는 피디의 모습이다.

子曰: "君子欲訥於言而敏於行."(이인편 24장)
공자는 군자는 말은 어눌하게 하지만 실행에는 성실하게 노력한다고 말했다.

피디는 이 모든 일들을 다 수행하기 위해서는 성실해야 한다. 또 언제나 트렌드에 민감해하고 사람들이 뭘 좋아하고 뭘 보고 싶어하는지 요즘엔 뭐에 관심이 많은지에 대해 항상 고민하고 그것에 맞는 작품을 만들기 위해서는 성실하지 않고서는 피디를 할 수 없을 것이다.

성실한 과정에서 겉모습과 같은 부가적인 신경은 쓰지 못하더라도 자신의 일은 완벽하게 수행해 내는 피디는 내가 생각하는 이상적인 피디이다.

피디에게 당당함이란?

司馬牛問君子, 子曰: "君子不憂不懼." 曰: "不憂不懼, 斯謂之君子矣乎?" 子曰: "內省不疚, 夫何憂何懼?"(안연편 4장)

사마우가 군자에 대해 묻자, 공자는 군자는 걱정하지 않으며 두려워 하지 않는다라고 답하였다. 사마우는 근심하지 말고 두려워하지 않으면 곧 군자가 될 수 있습니까? 라고 되물었다. 그러자 공자는 마음에 부끄러운 것이 없으니 무엇을 근심과 걱정하겠는가 라고 답하였다.

피디는 이렇게 군자처럼 당당한 태도가 필요하다고 생각한다. 어떻게 보면 피디라는 직업이 정말 힘든 게 매주 자신의 결과물을 도출해 내면 그에 대한 평가가 매번 수치(시청률)로 아주 정확하게 나오니 심적이 부담이 아주 큰 직업인 것이다. 하지만 그렇다고 기죽고 의기소침해질 필요는 없다고 생각한다. 항상 청렴하게 살고 마음속에 인의 뜻을 담고 산다면 전혀 남에게 부끄러워할 필요는 없다. 누구는 시청률이 잘 나오고 누구는 시청률이 못 나오고 이런 부분에서도 근심할 필요가 없다. 작품성에 대해서는 깊이 고민하고 더 발전시키기 위해서는 근심해야 하지만 시청률이 낮다고 해서 자신의 평판이나 남들이 비난할까 두려워하는 것은 세상에서 제일 어리석은 일 같다.

특히나 회의를 하거나 각자의 의견을 자유롭게 나눌 수 있는 시간에 남들 눈치 보느라 자신의 의견을 말도 못 꺼내고 손조차 들어보지 못하는 사람들이 있다. 이런 사람들이 만약 피디를 하고자 한다면 반드시 이런 태도를 고쳐야 한다. 피디는 한 프로를 책임지는 사람으로서 최대한 당당하게 굴고 두려운 거 없는 것처럼 많은 것들을 모험하고 해쳐 나가야 진정한 작품을 만들 수 있다. 항상 모든 일을 하기 전에 두렵다고 피하기보다 한번 해 볼까? 하고 자신있게 나서서 많은 사람들 앞에서 자신의 의견을 똑바로 전달하는 피디가 올바른 피디라고 생각한다.

피디는 말에 무게를 두고 책임을 진다

말을 하고 그 말을 그대로 지킨다는 것은 매우 어려운 일이다. 실제로
나의 가장 큰 문제이기도 하다. 아이디어도 많고 생각도 많고 계획도 참
뚜렷하고 좋은데 실천이 가장 어려운 것이다. 그러나 피디는 그러면 안 된
다고 생각한다. 수많은 아이디어들을 다 기억하고 그때 그때 생각을 정리
하여 메모하고 계획한 것들을 모두 완수해야 하는 직업이라고 생각한다.
왜냐하면 피디는 작품을 만들기 위해서 일단 많은 아이디어가 필요하고
여러 사람들의 의견이 필요하다. 항상 포부만 가득한 사람이 막상 해 보라
고 하면 아무것도 못하듯 남들 앞에선 엄청나게 거대한 아이디어를 갖고
있는 척하면서 정작 방송이 나올 때는 정말 평범한 프로로 사람들을 실망
하게 하지 않는 것이 좋다. 일단 말을 많이 아끼고 생각했던 계획들도 모
두 실행한 다음에 그때 말하는 것이 좋다고 생각한다.

진정한 군자처럼 말보다 행동으로 먼저 확신을 주고 추진력있게 행동하
는 것이 내가 생각하는 이상적인 피디의 모습이다.

지 못하다. 충신을 견지하고 자기와 길이 같지 않은 사람과 교류하지 말며, 과오가 있으면 용기있게 고쳐야 한다.

피디도 언론이다. 언론인이 신중하지 못한 말과 행동으로 신뢰를 잃는다면 군자의 모습에서 멀어지는 것이다. 그리고 피디는 자신의 작품에 항상 자부심을 가져야 하고 자신의 작품에 책임감을 가지고 최선을 다해야 한다. 바르지 못한 길을 걸으려는 사람은 과감히 내칠 줄도 알아야 하고 잘못된 것이 있으면 반드시 바로 잡을 줄 알아야 하는 것이 피디이다. 잘못된 것을 알면서도 말하지 않고 자신의 이익을 위해서, 시청률을 위해서 그렇게 묵인하는 것 또한 군자의 모습이 없는 피디라고 할 수 있다.

군자는 경쟁을 추구하지 않는다

子曰: "君子無所爭, 必也射乎! 揖讓而升, 下而飲, 其爭也君子." (팔일편 7장)

공자가 말했다. 군자는 다투는 것이 없으나, 만약 있다고 한다면 그것은 곧 활쏘기 시합이 된다. 시합을 할 때 서로 상대방에게 읍하고 양보한 뒤에 올라간다. 활을 쏜 뒤 또 서로 읍하고 다시 내려와 술을 마신다. 곧 군자의 다툼이다.

피디는 경쟁을 할 수밖에 없는 직업이다. 앞서 말했듯이 매주 결과물에 대해 사람들의 반응이 정확하게 수치로 나오니까 수치의 높낮이로 인해 사람들은 경쟁할 수밖에 없다. 하지만 이것이 옳은 것일까? 군자는 활쏘기를 경쟁하러 가서 서로 상대방에게 읍하고 양보를 한 뒤에 올라가고, 활을 쏘고 나서는 서로 읍하고 다시 내려와 술을 마신다. 그 말은 즉 경쟁의 승패는 전혀 상관없다는 것이고 누가 이기든 누가 지든 얼굴 찌푸리고 비웃는 거 하나 없이 그저 활쏘기를 한번 했다는 것만 중요할 뿐 다른 것은 일절 중요한 게 없다는 듯 행동한다.

피디도 군자의 모습을 본받아야 한다. 경쟁을 한다고 해서 자신의 성적이 좋았을 때 남을 비웃는 건 비열한 짓이고 자신의 성정이 안 좋을 때 남의 눈치를 보고 기죽어 다니는 것은 어리석은 짓이다. 그저 군자처럼 경쟁의 승패는 중요하지 않다는 것만 기억하자. 승패는 정확하게 갈라지지만 갈라진다 한들 그것에 대해 집착하고 어떻게 하면 나를 이긴 사람을 짓밟을 수 있을까 고민하는 시간에 작품의 퀄리티를 높이고 많은 사람들이 나의 작품을 사랑하도록 만드는 것이 피디의 능력이라고 생각한다.

군자 = 피디

子曰：“君子食無求飽, 居無求安, 敏於事而愼於言, 就有道而正焉, 可謂好學也已.”(학이편 14장)
공자가 말했다. 군자는 음식에 배부름을 구하지 않고, 주거에 편안함을 구하지 않으며, 일을 성실하게 하고 말을 삼가며, 도를 지닌 사람을 가까이 하여 자신을 바르게 한다. 가히 호학이라고 할 수 있겠다.

군자를 정의내린 글이라고 볼 수 있겠다. 피디는 군자다워야 한다는 것을 다시 한번 느끼게 되는 문장이기도 하다. 피디는 이익을 쫓으면 안 되고, 일을 성실하게 하여 좋은 작품을 만들고, 말을 삼가여 헛된 말이 입을 떠나지 않게 조심하고, 행동하기 전에 실천하기 힘든 일들은 입 밖에 꺼내지 않으며, 언제나 자기 자신을 컨트롤하면서 방송에 대한 양심을 갖고 활동한다. 이것은 이 시대의 진정한 군자인 피디의 모습이고 나는 이러한 피디가 될 수 있도록 노력할 것이다. 그리고 실제로 많은 피디들은 군자처럼 생활하고 있기를 바라고, 내가 피디가 되었을 때 선배 피디들을 보며 실망하지 않도록 군자와 같은 피디의 모습으로 생활하고 있으면 좋겠다고 생각했다.

제 2장

뜨겁고 자극적인
인터넷 세상,
필요한 건
냉정한 논어?

알맹이가 없는 기사

　언론이란 대중 매체를 통해 정보를 알리고 여론을 형성하는 중요한 활동이다. 이러한 언론을 만약 잘못 활용한다면 사회적으로 아주 큰 손실이 생긴다. 예를 들어 언론이 모두가 알아야 할 중요한 사실들을 고의적으로 알리지 않고 방관한다던지, 어느 한 정보만 강조해서 집중적으로 보도한다던지 하면 언론을 받아들이는 대중은 자연스레 언론이 추구하는 방향으로만 사고를 할 것이고, 다양한 의견과 생각들이 차단되는 사회가 될 것이다. 이처럼 언론의 역할은 막중하고 대중들에게 미치는 영향이 아주 크다. 하지만 요즘 우리나라의 언론은 깨끗하다고 말하기엔 문제점들이 많다. 그리하여 나는 이런 언론의 문제점들을 하나하나 짚고 논어가 줄 수 있는 해결책들에 대해서 얘기하고자 한다.

　헤드라인만 거창하고 내용은 허무한 기사들, 많이 봤을 것이다. 이러한 기사들을 흔하게 볼 수 있는 우리나라의 언론을 과연 깨끗한 언론이라고 볼 수 있을까? 산업화 시대에 따라 정보를 제대로 전달하기보다 빠르게 전달하는 것이 주된 목적이 되어 확실하지 않은 정보를 빠르게 선점하기 위해 보도해버리는 경우도 허다하다. 또한 자극적인 제목들로 내용은 허무하게 작성해 보도하고 조회수를 높여 기사옆에 띄우는 광고를 통해 수익을 창출하는 기자들도 많다. 언론은 정확한 정보, 객관성을 필요로 하는 활동이다. 이러한 과정 속에서 불건전하고 자극적인 제목으로 사람들의 눈길을 끄는 기사들과 정확하지 않은 정보들로 채워진 기사들이 흔하다면 이것은 언론의 신뢰도를 떨어뜨리는 일이며, 정확한 정보를 알리는 언론의 역할을 제대로 수행하지 못하는 일이다.

이러한 경우는 일상생활에서도 충분히 경험할 수 있는데 그 이유는 남녀노소 모두가 이용하는 포털 사이트에서도 자극적인 제목을 단 기사들을 쉽게 볼 수 있기 때문이다.

손연재 과감한 변신, 섹시 댄스 영상 '깜짝 볼륨美'

이 기사는 평범한 스포츠 기사의 추천 기사로 뜬 기사이다. 리듬체조 선수 손연재의 섹시 댄스 영상, 제목으로만 봤을 땐 엄청나게 자극적이고 성적인 영상일 것 같지만 실제로 기사에 들어가 영상 캡처 사진을 확인해 보면 평범한 츄리닝 의상에 그렇게 성적이지도 않은 춤 영상이다. '과감', '변신', '섹시', '볼륨' 이러한 키워드를 이용한 제목은 많은 사람들의 시선을 끌고 손연재 선수에게 관심이 없던 사람들도 저절로 관심이 갈 수밖에 없게 지은 제목이다.

다음 사진은 위 제목의 기사인 손연재 선수의 댄스 영상을 캡처한 사진이다. 이 동영상이 과연 제목의 키워드들과 어울리는 동영상일까? 전혀 그렇지 않다. 동영상 속에선 섹시, 볼륨과는 관련 없이 손연재 선수가 춤을 추고 있기 때문이다. 이 동영상이 기사로 만들어질 정도로 중요한 사회적인 이슈인가? 그것 또한 틀렸다.

물론 손연재 선수가 평소 리듬체

조만 하던 모습과 달리 춤을 추는 영상을 올린 것이 누군가에겐 엄청난 화제거리일 수 있지만 많은 대중들이 여론을 형성할 만한 주제는 아니다. 고작 206글자로 이루어진 이 기사는 대중 매체로서의 역할을 전혀 수행하지 못했으며 자극적인 제목으로 오히려 언론의 신뢰성을 떨어뜨리고 있다.

子曰 : "人而無信, 不知其可也. 大車無輗, 小車無軏, 其何以行之哉?"(위정편 22장)
공자가 말했다. 사람이 믿음성이 없으면 일을 이룰 수 없다. 크고 작은 마차에 말을 맬 곳이 없는 것과 같다.

언론을 사람들이 신뢰하지 못한다면 그만큼 썩은 언론도 없을 것이다. 공자가 말했듯이 사람이 믿음성이 없으면 일을 이룰 수 없는 것처럼 신뢰를 배제한 언론은 의미가 없다. 정보를 아무리 빠르고 쉽게 전달해 봤자 신뢰도가 떨어진다면 그 누구도 관심을 갖지 않을 것이기 때문이다. 그렇기에 언론의 신뢰도를 떨어뜨리는 자극적인 제목을 단 기사들을 규제할 수 있는 시스템이 필요하다. 그 시스템은 아직 사고가 완벽하게 성장하지 않은 청소년들이 잘못된 언론을 접했을 때 생길 수 있는 피해와 언론의 신뢰성을 다시 높임으로서 깨끗한 언론을 만들 수 있을 것이다.

子曰 : "質勝文則野, 文勝質則史, 文質彬彬然後君子."(옹야편 16장)
선생님께서 말씀하셨다. 내용보다 겉이 못하면 촌스럽게 보이고, 내용이 겉보다 못하면 너무 꾸미는 것이 된다. 겉과 안이 모두 [훌륭히] 빛날 때에야 군자이다.

제목만 번지르르하고 내용이 하나도 없는 기사는 의미가 없다. 제목과 내용이 모두 훌륭한 기사가 되어야 많은 사람들의 진정한 관심을 받고 진정한 기사가 되는 것이다. 물론 제목도 기사의 내용을 빠르게 알리고 본문의 내용을 축소시켜 한눈에 알리는 중요한 역할을 한다. 하지만 내용이 부족하고 제목과 일치되지 않는데 화려하게 작성한들 그것은 의미가 없는 행동인 것이다. 일단 기본적으로 내용이 탄탄하고 팩트로만 이루어진 본문과 그에 어울리는 과장되지 않은 제목을 작성해 보도한다면 그것이 겉과 안이 모두 훌륭한 군자 같은 기사인 것이다.

子曰 : "里仁爲美, 擇不處仁, 焉得知?"(이인편 1장)
선생님께서 말씀하셨다. 어진 사람이 많은 곳에 사는 것이 아름다운 것이다. 어진 사람이 있는 곳을 선택하여 살지 않으면 어찌 지혜롭다 하겠는가?

자극적인 제목을 이용해 조회수를 높여 광고 수익을 내는 기자들은 어질지 못한 사람들이다. 그들이 하는 행동은 대중 매체를 이용해 대중들을 기만하는 행동이고 그 행동을 통해 이득을 본다는 것은 더욱 잘못된 행동이기 때문에 그들은 어질지 못하는 사람들이다. 언론은 어진 사람이 많은 곳이어야 한다. 어진 사람들로만 이루어져 아름답게 가꾸어 나가야 하는 곳이다. 정확한 정보, 객관성 있는 정보들로만 이루어진 언론이야말로 제대로 된 언론이기에 자신의 이득을 취하고자 하는 어질지 못한 사람들이 아니라 어진 마음을 가지고 언론 활동을 하는 사람들로만 이루어져야 한다. 그리하여 우리는 지혜롭게 알맹이가 없고 내용에 비해 제목만 번지르르한 기사들보다 어진 사람들로만 이루어진 언론을 선택해야 한다.

글로 하는 살인

　요즘 악플(악성댓글, 악성리플)이 재조명되고 있다. 최근 두 연예인이 악플로 인해 자살을 택했다는 의견이 있기 때문이다. 악플은 인터넷에서 특정 인물을 비방하거나 비난하는 악의적인 댓글을 일컫는데 익명성이 보장되는 인터넷상에서 보이는 대표적인 사이버 범죄 중 하나이다. 악플에 관련된 피해 사례가 아주 많고 인터넷상에서 쉽게, 흔하게 볼 수 있는 이유는 현실에서 남을 비방하거나 비난하는 얘기를 하면 그에 대한 보복 혹은 자신이 피해를 받을 수 있는데 익명성이 보장되는 인터넷상에서는 보복이 쉽지 않다는 점을 이용해 저지르기 때문이다. 공인이라면, 대중들에게 관심을 받음으로써 수익을 창출하는 사람이라면 이 정도 비난은, 이 정도 욕설은 충분히 감안해야 한다고 생각하는 것이 악플러들의 합리화이다. 아무 잘못 없는 대상을 아무 이유 없이 비난하고 비방하는 것, 티비에 나오고 유명하다는 이유만으로 비난받아도 마땅하다고 생각하는 것, 이 모든 것들은 논어 속 공자가 가장 중요시하는 인, 예, 덕에 아주 반대되는 내용들이다. 상대방의 인격을 모독하고 누군가에게 상처를 주는 행동을 아무렇지 않게 한다는 것은 명백히 잘못된 일이다.

　악플로 인해 받은 피해는 수치화될 수 없을 정도로 많다고한다. 요즘은 연예인, 정치인 뿐만 아니라 개인 SNS, 개인 영상 창작 활동을 하는 사람들에게도 많은 피해를 끼친다고 한다. 그리하여 오히려 개인 영상 창작 활동을 하는 사람들, 즉 유튜버(youtuber, youtube에서 활동을 하는 사람)들은 악플을 '악플 읽기' 같은 콘텐츠로 활용하기도 한다. 자신들의 악플을 읽고 사람들에게 반응을 보여 주는 형식이다. 또한 방송국 JTBC에서는 '악플의

밤'이라는 프로그램을 만들기도 하였다. 악플이 많은 연예인들이 직접 출연해 자신에 대한 악플을 소리 내어 읽고 그에 대한 해명과 반응을 보이는 프로그램이다. 얼마나 악플이 많으면 이렇게 프로그램으로, 콘텐츠로 소비할 수준인지 악플이 얼마나 심각한 수준인지 이해할 수 있다.

실제로 악플을 이유로 생을 마감했다고 거론되는 연예인도 많다. 가장 큰 이슈가 됐던 배우 최진실, 최진실은 많은 논란으로 셀 수 없는 악플들에 시달렸고 그에 우울증을 앓다 자살을 한 것으로 알려졌다. 최근으로는 연예인 설리, 구하라 등이 있다. 설리 같은 경우는 남들과 다른 사고를 가지고 특이한 행동을 한다는 이유로 개인 SNS에 아무 게시글이나 올려도 다 이슈가 되고 기사화되어 사람들에게 알려졌다. 그리하여 설리의 개인 SNS엔 항상 악플이 존재했고 설리 자신도 악플에 대한 언급을 몇차례 했었다. 설리는 자신이 우울증을 앓고 있다고 방송에 공개한 적도 있었다. 하지만 그럼에도 악플은 끊이지 않았고 계속해서 그녀를 공격했다. 결국 그녀는 2019년 10월 14일 25세의 나이로 자택에서 자살을 택했다.

악플은 글로 하는 살인이 맞다. 무차별적인 공격과 비방은 한 사람을 죽음으로 몰고 가는 아주 커다란 무기이다.

子曰: "惟仁者能好人, 能惡人."(이인편 3장)
선생님께서 말씀하셨다. 어진 사람만이 옳게 사람을 좋아할 수 있으며, 옳게 사람을 미워할 수 있다.

오직 어진 사람만이 옳게 사람을 판단할 수 있다는 논어의 구절이다. 내가 어질지 못한데 다른 사람을 이렇다저렇다 판단하는 것은 아주 잘못된 행동이다. 자신부터 추스르고 남을 판단해야 한다. 악플을 다는 사람들 대부분 어질고 덕을 마음에 품고 사는 사람은 아주 드물 것이다. 그렇다면 남에게 상처를 줄 시간에 자신을 더욱 발전시키고 개발하는 시간을 갖는 것이 더욱 생산적이고 효율적일 것이다.

子曰: "仁遠乎哉? 我欲仁, 斯仁至矣." (술이편 29장)
선생님께서 말씀하셨다. 어질다는 것은 멀리 있는 것이 아니다.
내가 어질겠다고 바라면, 바로 어짊이 이루어지는 것이다

어질다는 것은 멀리 있는 것이 아니다. 내가 어질고자 한다면 언제든 그
렇게 될 수 있는 것이다. 그러니 악플을 달기 전에 자신이 어진 사람인지
내가 어질어서 다른 사람이 옳은지 옳지 않은지 판단할 수 있는지 잘 생각
해서 행동해야 한다.

子曰: "人之生也 直하니 罔之生也는 幸而免." (옹야편 17장)
선생님께서 말씀하셨다. 인간이란 본래 곧게 태어난 것이다. 이를 무시하고 살아
가는 사람은 단지 우연히 천벌을 면하고 있는 것이다.

악플을 받는 사람들도 우리와 똑같은 사람이다. 인기가 많다고, 사랑을
많이 받는다고 상처를 받지 않는 사람이 아니다. 마찬가지로 악플을 다는
사람도 똑같은 사람이다. 본래 곧고 옳은 마음을 갖고 태어났지만 이를 무
시하고 불인한 행동을 하면 언젠간 꼭 천벌을 받는다는 것이다. 잠시 다른
사람을 속이고 자신조차 속여 불인을 행하고 있지만 언젠간 그 불행에 대
한 대가를 받을 것이며, 천벌을 받아 반성하는 계기가 올 것이라는 구절이
다. 악플을 남기며 아직까지 처벌을 받지 않은 사람은 어찌 저찌 우연으로
넘어갔을지 몰라도 언젠가는 자신이 남긴 말들, 자신이 남에게 줬던 상처
들, 아무렇지 않게 내뱉었던 말들은 모두 되돌아와 천벌을 받을 거라는 이
구절을 악플러들이 읽고 지금이라도 반성하는 계기가 됐음 좋겠다는 생각
이 든다.

제 3장

한국 프로그램의
장수비결은
논어예?

무한도전

  2006년에 시작한 '무한도전'은 최고 시청률 26.9%라는 어마어마한 기록을 남기고 2018년 3월에 종영했다. '무한도전'은 정말 국민프로그램이나 다름없었다. 총 563부작이라는 무시무시한 숫자에 국민들의 눈물과 웃음이 담겨 있는 것이었다. 매주 6시가 되면 MBC를 틀어 '무한도전'을 본다는 얘기가 나올 정도로 '무한도전'은 남녀노소 가리지 않고 모두가 사랑하는 프로그램이었다. 그런 '무한도전'은 이름대로 매주 새로운 도전에 맞서는 7남자의 버라이어티 예능으로 인기가 많았던 도전으로는 봅슬레이, 조정, 스포츠 댄스, 레슬링 등 웃길 땐 웃기지만 또 도전을 하는 과정에서 보였던 멤버들의 진지한 모습, 승패를 신경쓰지 않고 서로를 진심으로 위하는 멤버들의 모습, 어떤 때는 감동, 또 어떤 때는 슬픔, 그 뒤에 따라오는 웃음까지 흔한 예능에서 쉽게 얻을 수 없는 감정들을 '무한도전'에서는 얻을 수 있었다. 그런 '무한도전'의 흥행 요인을 논어에서 찾을 수 있다.

  김태호 피디는 '무한도전'의의 못된 PD라 불리며 스스로 악당을 자처해 멤버들이 하기 싫어하고 하기 힘든 도전들로 매주 멤버들을 힘들게 함과 동시에 많은 시청자들을 울리고 웃겼다. 그는 자신이 직접 하나의 캐릭터로 방송에 나타남으로써 멤버들과 자신의 케미를 보여 주고 멤버들의 현실적인 모습들을 많이 보여 줘 시청자들에게 친근감을 느끼게 했고 그런 모습들은 대중들에게 아주 좋은 인상을 갖게 하였다. 사실 '무한도전'이 처음부터 승승장구한 케이스는 아니었다. 시즌 1에서 시청률이 도저히 나오지 않아 폐지될 뻔했지만 김태호 피디가 이 프로그램을 살려보겠다며

무한도전 로고 출처 : https://blog.naver.com/osn6788/ 80156241598

시즌 2부터 연출을 맡았다고 '무한도전' 300회 특집에서 멤버들과 밝힌 적이 있다. 김태호 피디가 '무한도전'을 맡은 후로부터 '무한도전'은 말 그대로 엄청난 상승세를 타고 지금의 우리가 아는 '무한도전'의 모습으로 종영했다. 아름다운 모습으로 종영할 수 있었던 이유는 '무한도전'엔 김태호 피디의 군자다운 여러 면모 덕분이라고 할 수 있다.

출처 : https://blog.naver.com/jhjhing/2216
19793160

소박하고 어눌한 군자

子曰: "剛毅木訥, 近仁." (자로편 27장)
공자가 말했다, "강하고 굳세며, 소박하고 어눌함이 인에 가깝다."

'무한도전'의 7멤버들은 모두 대한민국 하위 0.1%라는 타이틀을 가진 채 '무한도전'에 임했다. 그들의 어딘가 부족하고 모자란 부분들이 사람들에게 호평을 받았던 것이다. 실제로 연예인들을 칭하는 말이 있다. '그.사.세' 그들이 사는 세상의 줄인 말이다. 일반인에게 연예인이란 외적으로나 내적으로나 완벽한 사람이라고 생각되어 생긴 말이다. 하지만 김태호 피디는 '무한도전' 멤버들을 최대한 친숙하고 거리감이 느껴지지 않는 이미지를 구축했다. 다른 프로그램에선 어떻게 비칠지 몰라도 '무한도전'에서만큼은 최대한 그들의 리얼한 모습을 많이 노출시켰다.

모두 나이가 많은 아저씨들이지만 유치하게 서로를 놀리고 고집을 부리는 모습이 사람들에게 마냥 미워 보이지만은 않았던 것이다. 실제로 얘기한번 나눠본 적은 없지만 그들의 가정사, 연애사 등등 10년 넘게 '무한도전'이 방영되면서 시청자들은 '무한도전'의 제 8의 멤버나 다름없었고 그만큼 시청자와 '무한도전'의 거리는 그리 멀지 않았다. 그런 점에서 사람들은 '무한도전' 멤버들을 가족이라고 생각할 정도로 유대감이 형성되어 있었고 그들에게 안 좋은 일이 생기면 진심으로 걱정하고 위로해 줬다.

또한 '무한도전'에선 누구 하나 사치를 부리지 않았다. 게임에서 꼴찌를 하면 벌칙은 기부하기였고 실제로 '무한도전'의 이름으로 8년간 48억이라는 돈을 기부했고 멤버 별로 따로 기부한 적도 상당히 많다. 그만큼 그들은 자신들의 이익보다 나누는 쪽을 택했고 그것이 바로 인이었던 것이다.

출처 : http://news.naver.com/main/read.nhn?oid=112
&aid=0002640606

그들의 신념은 항상 올곧고 굳건했다. 오랫동안 함께했고 가족과 다름없었던 멤버들도 '음주음전'과 같은 죄를 지으면 칼같이 하차시켰다. 음주음전은 아주 위험하고 잘못된 일이지만 오랫동안 7명의 멤버들끼리 빛내던 '무한도전'을 잃기는 싫던 시청자들은 한번쯤은 눈감아 줄 테니 하차하지 말아달라는 내용의 댓글이 그 당시 시청자 게시판을 달구었고 기사의 대부분의 댓글은 하차만 하지 말아달라는 내용이었다.

하지만 '무한도전'은 결국 노홍철을 하차시켰다. 그것은 프로그램을 진행하는 데 있어 범죄를 저지른 사람은 절대 있어서 안 된다는 그들의 확고한 신념이 있었기 때문이다. 노홍철 또한 자신의 실수를 인정하고 프로그램에 해가 되지 않게 하차를 한 것도 있을 것이다. 그 후 또 다른 멤버 길이 똑같이 음주운전을 했을 때도 그 역시 자신의 잘못을 인정하고 하차를 했다. 이렇게 두 명의 멤버를 잃으면서까지 '무한도전'은 그들의 신념을 지켰고 그 신념은 더더욱 사람들의 신뢰도를 높였고 '무한도전'은 역시 올바르다는 얘기를 듣게 했다.

그들은 공자가 말하는 인에 가깝다는 조건에 딱 부합한다. 어느 것 하나 빠지는 것 없이 소박하고 뜻이 강하고 어눌한 것이 정말 딱 '무한도전' 그

자체였다. 나는 그래서 '무한도전'의 수많은 흥행 이유 중 하나가 바로 '인'
을 깨우쳤기 때문이라고 생각한다.

잘못은 빠르게 인정하고 고치는 태도

子曰: "已矣乎! 吾未見能見其過而內自訟者也." (공야장편 26장)
공자가 말했다. 글렀구나! 나는 아직 자신이 저지른 잘못에 대하여 진심으로 자
책하는 자를 보지 못하였다.

'무한도전'은 2009년 방영된 뉴욕특집에서 직접 요리를 해서 뉴욕 시민
들에게 판매하고 한국을 알리는 특집을 진행했었는데 그 과정에서 정준하
와 셰프의 갈등, 정형돈의 과도한 장난, 뉴욕 시민들에게 한국을 알리는
중에 영어를 너무 못해 오히려 나라 이미지를 실추시켰다는 논란 등으로

많은 사람들에게 지적받은 특집이었다. 게시판은 멤버들과 제작진들을 향한 피드백과 비판들로 떠들썩했다. 사과도 남다르게 하던 '무한도전'은 뉴욕특집이 끝나고 비틀즈의 Ob-la-di를 개사해서 사과영상을 식객 특집 마지막에 넣은 것인데 사소한 논란에 진지하고 무거운 사과보다 가볍게 '무한도전'다운 웃음을 주며 사과를 한 점은 호평을 남겼다. 멤버들은 모두 비틀즈 같은 가발을 쓰고 진심으로 미안하고 부끄럽다는 표정으로 진지하게 '미안하다 송'을 불렀고 그 노래가 인기를 끄는 등 오히려 '무한도전'을 더 인기 있게 만들어 주는 하나의 계단이 되었다.

또한 '무한도전'은 라디오 특집 때 화면 영상이 깨지고 이상한 장면이 송출된 일이 있었다. 그때 '무한도전' 제작진들의 대처가 아주 인상 깊다는 평가가 있었다. 실제로 방송이 끝나자마자 제작진들은 송출에 문제가 있었다며 바로 사과문을 기재하였고 그 후 선거24 프로젝트에서 유재석의 선거영상에서 방송사고로 인해 시청에 불편을 드려 미안하다며 다시 한번 거론을 했다. 실제로 잘못을 해도 비판을 하거나 피드백을 요구하면 그냥 무시하거나 묵묵부답인 프로그램들이 종종 있다. 하지만 '무한도전'은 그들과 달리 모든 의견을 수용하고 그들을 향하는 아주 작은 비판조차도 허투루 듣지 않고 모두 진지하게 받아들였고 김태호 피디의 빠른 대처와 사

출처 : http://news.naver.com/main/read.nhn?oid=020&aid=0002095989

과로 사람들의 의견을 방송에서 여러 차례 언급하고 진심으로 반성하는 태도를 보이며 진정으로 소통한다는 느낌을 받고 이러한 태도를 보이는 '무한도전'에게 더 아낌없는 사랑을 주었다.

이처럼 잘못을 인정하고 사람들에게 자신들만의 방식으로 사과하는 모습이 나는 '무한도전'이 꾸준한 사랑을 받는 이유 중 하나라고 생각한다.

앞장서지 않고 뒤를 받쳐 주는 리더, 유재석

孔子於鄕黨, 恂恂如也, 似不能言者. 其在宗廟朝廷, 便便言, 唯謹爾. (향당편 1장)
공자께서 마을에 계실 때는 공손하고 조심스러우셔서 마치 말을 할 줄 모르는 것 같았고, 그가 종묘와 조정에 계실 때는 분명하고 유창하게 말을 잘하셨지만 다만 신중하게 했을 따름이다

유재석은 '무한도전'을 대표하는 리더라고 해도 무방하다. 그는 기획부터 출연까지 모든 것을 다 관여하며 '무한도전'을 이끌어왔다. 그의 미담은 '무한도전'에서뿐만 아니라 모든 예능계, 심지어는 전국에서 자자하다. 그는 '무한도전' 멤버들의 특성을 파악해 일일이 그들의 캐릭터를 만들어 주고 그들에 맞게 여러 가지 재미난 상황을 만들어 그들의 매력치를 최대치로 끌어올려 주는 역할을 해 왔다. 특히나 대중들에게 비판을 받을 만한 멤버들의 특성들까지 위트 있게 끌어줌으로써 최고의 리더라고 할 수 있으며, 그의 리더십으로 '무한도전'의 흥행을 이루게 했다고 해도 과언이 아니다. 유재석은 뛰어난 진행력, 리더십 말고도 인, 예, 덕을 모두 갖춘 군자라고 할 수 있다. 유재석은 송해를 잇는 악플이 없는 연예인이다. 유명세가 따르는 만큼 사람들의 호불호는 극명하게 갈리는 반면 유재석을 불호하는 사람들은 극히 소수이다.

그러한 이유는 그의 위트와 뛰어난 방송 실력일 수도 있겠지만 유재석

만의 사람을 대하는 방식 또한 한몫 단단히 했다고 생각한다. 한 프로에서 똑같은 출연자로서 그저 출연자인 자신만의 역할만 채우면 된다고 생각하는 게 모든 사람들의 사고이다. 하지만 유재석은 자신의 역할은 너끈히 할 뿐만 아니라 모든 스텝, 모든 출연진들을 챙기는 모습이 사람들의 이목을 끌게 한 것이다. 또한 그런 모습들을 직접적으로 과시하지 않고 묵묵히 해왔다는 것에 있어서 군자의 모습과 아주 유사하다고 할 수 있다. 그런 그는 연예계에서 아주 높은 자리에 올라섰고 많은 사람들에게 인정과 박수를 받았다. 그 뒤엔 부단한 노력이 있었고 멈추지 않는 그의 땀이 있었다. 유재석은 '무한도전' 300회 특집 〈쉼표〉에서도 말했듯이 그가 좋아하던 담배도, 술도, 그가 지켜야하는 프로그램들을 그의 건강 문제로 피해를 끼치지 않게 하기 위해 모두 끊었고, 체력을 유지하기 위해 열심히 운동을 한다고 했다. 그의 책임감 있는 모습과 누군가는 간과할 수 있는 일들까지도 목숨을 건다는 것, 대중의 사랑을 받으면서도 항상 겸손히 행동하고 과시하지 않는 태도에 '무한도전'은 친근한 이미지를 유지할 수 있었고 유재석의 부단한 노력에 '무한도전'은 정상의 위치까지 올라갈 수 있었던 것이다. 유재석의 뛰어난 리더십과 군자다운 태도가 '무한도전' 속 곳곳에 묻어 있었기 때문에 유재석은 '무한도전'의 장수비결 중 하나라고 생각한다.

전국노래자랑

 '전국노래자랑'은 1980년 11월부터 2019년인 지금까지 총 1700여편의 회차를 거듭하며 방영하고 있다. 무려 36년째 전국을 다니며 많은 사람들의 노래를 들었다. 고정 출연자라곤 MC인 송해 한 명뿐이다. 심사위원과 밴드 빼고는 모두 일반인인 '전국노래자랑'은 많은 시청자들의 지속적인 사랑을 받으며 지금까지 방영해 오고 있다. 오프닝에 나오는 '전국노래자랑' 노래는 전 국민 중 모르는 사람이 없을 정도로 유명하다. 또한 '전국노래자랑'을 모티브로 한 영화까지 나왔을 정도니 '전국노래자랑'의 유명세는 말하지 않아도 알 것이라고 생각한다. '전국노래자랑'의 참가자의 연령대는 생각보다 폭이 넓다. 아주 어린 아이들부터 나이가 아주 많으신 어르신들까지 '전국노래자랑'을 출연하기 위해서 아주 많은 연습과 아주 많은 노력을 기울인다. 그렇게 무대에 나오게 된 참가자는 그 지역의 특산물이나 자기가 재배하는 거, 판매하는 거 등등 무대로 갖고 올라와 송해와 나눠 먹으며 홍보하기도 한다. 하지만 이러한 행위로 사람들은 비난하거나 논란이 생기지 않는다. 그것이 '전국노래자랑'만의 특이점인 것 같다.

30년, 일요일의 군자, 송해

子曰: "其身正, 不令而行; 其身不正, 雖令不從." **(자로편 6장)**
공자가 말했다. 자기 자신이 올바르면 명령하지 않아도 행해지고, 자신이 바르지 못하면 비록 명령한다 하더라도 따르지 않는다.

전국노래자랑 로고 출처 : https://cafe.naver.com/motiontree/21408

송해는 혼자서 30년이라는 시간을 혼자 진행해 왔다. 그동안 바뀌었던 MC들과는 달리 혼자서 최장시간을 진행했고 또 '전국노래자랑'을 제일 흥행시켰던 사람이다. 그는 그만의 푸근한 이미지로 전 국민에게 호감을 받았던 사람이고 남녀노소 그를 '오빠'라고 부를 만큼 사랑받았다. 그것은 그가 군자다운 리더였기 때문이라고 생각한다. 혼자서 그 많은 사람들을 이끌고 음악방송 중 제일 높은 시청률을 자랑한다는 게 쉬운 일이 아닌데 송해는 30년째 그렇게 유지한다는 것이 참 대단한 일이다. 계속 같은 내용의 프로그램인데 진행자가 바뀌었다는 이유로 더 큰 흥행을 한다면 그 것은 프로그램의 도움도 있겠지만 진행자의 힘이 크다는 것이다. 나는 그런 송해의 능력이 대단하다고 생각한다. 1988년 때부터 진행을 맡은 1994년 개편 때 김선동 아나운서로 교체된 적이 있었는데 엄청난 비난을 받고 6개월 후 다시 개편이 되고 원래대로 송해로 바뀌었다. 송해는 24년째 그 자리를 계속 지키고 있고 그 동안 연출자가 120여 명이 거쳐 갔다. 그렇게 많은 사람들이 송해가 진행하기만을 바라는 이유는 대체 뭘까?

子曰: "君子之於天下也, 無適也, 無莫也, 義之與比."(이인편 10장)
공자가 말했다. 군자는 천하의 일과 사람에 대하여 고정된 것이 없으며, 오로지 의에 따라 처리할 뿐이다.

전국에 있는 국민들을 상대로 하는 프로이다 보니 대회에 참가하는 사람들 중 괴짜들도 종종 나타난다. 하지만 그때마다 보여 주는 송해의 대인배 같은 모습은 많은 사람들의 찬양을 받았다. 2010년엔 양봉업자가 온몸에 벌을 붙이고 참가를 해 위험한 상황이 벌어질 뻔했지만 송해의 대인배다운 모습으로 결국 큰 상황이 벌어지지 않고 잘 마무리되었다. 30년 동안 많은 사람들이 '전국노래자랑'을 거쳐 지나간 만큼 송해도 특이하고 개성있는 사람을 많이 겪어봤을 것이다. 그럴 때마다 송해는 특유의 푸근함과 재치로 자칫하면 방송사고로 이어질 수도 있었을 법한 사건들을 적절한 선에 맞춰 진행을 해 지금까지 그렇게 큰 사고는 없었다.

또 송해는 매번 큐시트 없이 방송을 진행한다고 한다. 참가자들과의 진정한 소통을 위한 것인데 그는 짜여지고 꾸며진 모습보다는 정말로 참가자들과 소통을 하기 위해 몇십 년째 그렇게 진행해오고 있다고 한다. 그리고 송해는 대회를 진행할 지역에 하루 일찍 도착해 그 지역의 목욕탕에 간다고 한다. 목욕탕으로 가서 그 지역 사람들과 얘기도 하고 그 지역에 대해 파악한다고 한다. 비록 구시대적인 방식이긴 하지만 그것이 송해만의 방식이고 그러한 방식으로 '전국노래자랑'을 30년째 진행해 온 것이다. 그렇게 사람을 직접 맞대고 부딪히는 방식은 사람들에게 진심으로 다가온 것이다.

송해는 군자처럼 정해진 대본 없이 큐시트 없이 모든 상황을 의에 맞춰 행동한다. 그의 행동, 말 모든 것에서 인, 덕, 의를 찾을 수 있고 모든 것들을 군자처럼 행동했기 때문에 많은 사람들의 사랑을 받을 수 있지 않았나 생각해 본다.

사람들은 꾸준함을 배신하지 않는다

子曰: "述而不作, 信而好古, 竊比於我老彭."(술이편 1장)
공자가 말했다. 옛 선인들의 우수한 문화를 전승하고 완전히 바꾸지 않으며 옛것을 믿고 좋아하니, 나 혼자 스스로 노팽과 견주노라.

'전국노래자랑'은 음악 방송 중 가장 시청률이 높은 프로그램이다. 이유는 바로 꾸준함이 있기 때문이다. 쉴 새 없이 바뀌는 현대 사회 속에서 '전국노래자랑'은 36년이라는 시간 동안 그들의 고유함을 유지했고 그 모습에 많은 시청자들을 얻었다. 아무리 현대 사회는 새로운 것을 만들어 내고 옛 것들은 촌스럽게 생각하고 멀쩡한 것들을 다 갈아치운다고 해도 '전국노래자랑'은 그들의 꾸준함으로 시청자들을 계속 모았다. 이제는 '전국노

래자랑'이 없는 일요일은 상상하기 힘들고 어딜 가든 전국을 외치면 노래
자랑을 외치는 대한민국이 되었다. 특히나 '전국노래자랑'은 어르신들에게
가장 인기 있는 프로그램인데 그 이유는 어릴 때부터 '전국노래자랑'이라
는 프로그램과 함께 자라왔기 때문이 아닐까 싶다. 학창 시절 때부터 함께
한 프로그램이 어느새 성년을 지나 자녀를 가지고 손자들을 볼 때까지 '전
국노래자랑'은 꾸준했고 계속 됐기 때문이다. 지금의 어른들과 어르신들
에겐 '전국노래자랑'은 삶을 함께하고 삶의 큰 부분을 차지한 프로그램이
라고 할 수 있기 때문에 지금까지 많은 사랑을 받는 것이다.

특히 요즘엔 예전처럼 노인들만 사랑하는 '전국노래자랑'이 아니다. 출
연하는 연령대가 다양해진 만큼 시청하는 연령대도 폭이 굉장히 넓어졌다
고 한다. 아마 모든 연령대가 봐도 무관할 정도로 건전하고 깨끗한 방송이
기 때문이 아닐까 싶다. 이렇게 지금 어린 아이들이 보고 커가면서도 보고
나중에 다 커서도 보고 노인이 되어서까지도 볼 수 있는 '전국노래자랑'은
많은 국민들의 삶을 함께 살아왔다. 많은 국민들의 삶을 함께 했다고 할
수 있는 이유는 그만큼 프로그램의 꾸준함이 계속됐고 옛날의 것을 오랫
동안 간직하고 고수했기 때문이라고 할 수 있다.

그것이 알고 싶다

SBS에서 1992년 3월 31일부터 방영된 시사 프로그램인 '그것이 알고 싶다'는 사회, 종교, 미제사건 등 다양한 분야를 취재 탐구하는 프로그램이다. 고정 출연자는 오직 배우 김상중 한 명인 이 프로그램에서는 수많은 사건들을 탐구하고 취재하며 사람들에게 알리는 것을 목적으로 한다. 호불호가 명확한 시사 프로그램인데도 동시간대 시청률 1위를 차지한 적도 대다수인 만큼 대중들의 사랑을 받고 있다. '그것이 알고 싶다'는 사회의 이면을 꾸준히 파고들면서 사람들이 알지 못하는 것들에 대한 심도 깊은 취재를 자랑하는 프로그램이다. 그래서 '그것이 알고 싶다' 프로그램은 경찰도, 검찰도 무서워하지 않는 사이비 종교 단체나 조폭들이 가장 두려워하는 존재라고 알려져 있기도 하다.

학문을 배워 허투루 쓰지 않는 피디

子曰: "篤信好學, 守死善道. 危邦不入, 亂邦不居. 天下有道則見, 無道
則隱. 邦有道, 貧且賤焉, 恥也; 邦無道, 富且貴焉, 恥也."(태백편 13장)
공자가 말했다. "독실하게 믿으면서도 학문에 노력하여 죽음으로써 도를 지켜야
한다. 위태로운 나라에는 들어가지 않고, 난이 일어난 나라에는 살지 않아야 한
다. 천하에 도가 있으면 나아가 벼슬을 하고 도가 없으면 숨어서 나아가지 말아
야 한다. 나라에 도가 없을 때에 부귀한 것도 역시 부끄러운 일이다."

피디는 사람들에게 정보를 알리고 사람들의 알권리를 챙기는 직업이다.
그런 역할을 가장 잘 수행하는 사람들은 '그것이 알고 싶다' 피디들이라고
할 수 있다. 사람들이 잘 알지 못하는 사회의 이면들을 파헤치고 아주 정
밀하고 꼼꼼하게 하나하나 취재하는 '그것이 알고 싶다'의 피디는 공자가
말하는 독실하게 믿으면서도 학문에 노력하여 죽음으로써 도를 지키는 사
람인 것이다. 피디가 되기 위해선 수많은 학문을 접하고 또 수많은 분야의
공부를 해야 한다. 그렇게 노력해서 배운 것들을 최대한 이용하여 피디는
자신이 알리고자 하는 것들에 대해서는 막힘이 없고 사람들이 알아야 할
것들을 알리고자 하는 바에 있어서는 망설임이 없어야 한다. 이러한 피디
의 기본적인 역할을 충실히 지키는 '그것이 알고 싶다' 피디들은 실젤로 여
러 교양 프로그램을 거치면서 탄탄한 실력을 쌓은 최강의 베테랑 피디들이
라고 자자하다. 그렇게 똑똑한 피디들이 모여 미제 사건을 추리하고 모두

가 외면할 때 묵묵히 밝혀
내고자 하는 그 집요함이
시청자들에게 쾌감을 얻게
하고 언론을 쉽게 믿지 않
게 된 대중들의 신빙성을
얻게 한 것이다.

출처 : https://blog.naver.com/jang0355/220898611799

알리고자 하는 것들에 대한 확실함

子曰: "可與言而不與之言, 失人; 不可與言而與之言, 失言. 知者, 不失人, 亦不失言."(위령공편 7장)

공자가 말했다. 더불어 말할 만한데도 오히려 말하지 않으면 곧 벗을 잃는 것이요, 더불어 말할 만한지 못한 데도 오히려 말을 나눈다면 곧 말을 잃는 것이다. 지혜로운 자는 벗을 잃지 아니하며 또한 말을 잃지 아니 한다.

'그것이 알고 싶다'의 소재는 꽤나 비판적인 편이다. 비판적이면 비판을 받는 대상은 누가 됐건 '그것이 알고 싶다' 제작진들에게 보복을 하기 쉽고 사이비 종교나 미제사건 등 경찰도 쉽게 수사하지 못하는 은밀한 부분까지 취재하는 '그것이 알고 싶다'는 위험을 감수하며 심층 취재한다. 또 미제사건 중에서도 수사기관의 안일함, 무능함, 법 체제의 허점을 알리는 사건들도 많이 다루었다. 이러한 소재들은 모두 알릴 만한 소재들이었고 대중들이 알아야 할 만한 소재들이었다. 이렇게 알리는 것만으로 위험이 큰 소재들을 알리는 데에 거침이 없고 망설임이 없다는 것은 그들이 공자의 말대로 지혜롭다는 것이다.

앞서 말한 소재들이 위험한 이유는 아주 단순하지만 도덕적으로는 이해하기 힘들다. 뒤덮인 것들을 세상에 끄집어내기 위해선 뒤덮은 사람들의 비난과 잘못된 보복들은 당연히 뒤따를 수밖에 없기 때문이다. '그것이 알고 싶다' 제작진들은 범죄자는 기본이고 조폭, 사이비 종교단들까지 인터뷰를 진행해 왔고 그 사람들의 잘못을 밝혀내는 내용을 송출해 왔기 때문에 실제로 제작진들은 살해 협박까지 받는다고 한다. '그것이 알고 싶다' 제작진들은 이렇게 살해협박까지 받으면서 그들이 알리고자 하는 것들을 절대 침묵하지 않는다는 것은 대중들에게 신뢰도를 한층 더 높여 주며 많은 사랑을 받게 한 점이라고 할 수 있다.

2016년 11월에 방영된 박근혜 전 대통령의 5촌 살인사건 관련 내용은 당시 정부의 실권이었던 정치인의 주변인의 사건을 최초로 공중파에 소개했다는 것으로 인해 많은 사람들의 주목을 받았고 권력에 관계없이 그들만의 길을 꿋꿋이 가겠다는 그들의 의지가 보였던 회차이기도 했다.

1992년부터 2019년까지 그들이 알리고자 하는 것에 있어선 항상 망설임이 없던 모습에 사람들은 꾸준한 사랑으로 보답했고 그것이 지금까지 '그것이 알고 싶다'를 장수 프로그램으로 만든 비결이라고 할 수 있다.

글을 마치며

　이 글을 쓰는 동안 나는 쓰면서도 긴가민가했던 내 진로에 대해 조금 더 확신을 갖고 한발자국 더 다가가게 된 것 같아서 너무 좋았다. 과연 내가 피디를 할 수 있을까? 한다고 한들 그 직업을 즐기면서 할 수 있을까? 라는 걱정들이 무색하게 나는 이 글들을 쓰면서 이미 피디라는 직업에 더욱더 빠지게 되었고 쓰면서 나중에 내가 이렇게 써 놓은 피디의 모습처럼 성장한 내 모습을 상상해 봤더니 아주 흡족한 미래였다. 일단 글쓰기를 시작하기 전부터 계속해서 진로를 정해 왔고 나의 관심사는 무엇인지, 내가 잘하는 것은 무엇인지 계속해서 고민해 왔다. 그럴 때마다 나오는 결론은 피디였다. 이쯤 되면 피디가 나의 인생 직업일 수도 있겠다는 생각에 피디에 대해 조사하기 시작했고 생각보다 굉장히 매력 있는 직업이라고 결론을 지었다. 내가 생각했던 피디는 방송에 나오지 않는 제작진들 중 한명이라 항상 주연만을 꿈꾸던 나와는 어울리지 않는다고 생각했는데 막상 계속해서 조사를 하고 피디라는 직업에 대해 끝없이 고민해 보니 피디는 누구보다 중요하고 큰일을 맡은 사람이었다. 생각보다 대중 매체라는 것의 영향력은 매우 컸고 그것을 다루는 사람들 또한 아주 큰 책임을 어깨에 지고 일을 해야 하는 것이었다. 나는 그 모습에 다시 한번 이 직업에 반했다. 나는 정의로운 것을 좋아하는데 이렇게 피디로 열심히 일을 해서 어느 정도 높은 위치에 올랐을 때쯤 썩어빠진 언론을 한번 새로 싹 고치고 싶다는 생각도 하게 됐다. 너무 먼 미래이긴 하지만 내 성격과 모든 것을 종합해서 생각해 봤을 때 피디라는 직업은 글을 쓰기 위해 조사를 하면 할수록 나와 정말 어울리는 직업이고 내가 정말 이 직업을 갖고자 하는 마음이 강하구나를 깨닫게 되었다.

   그래서 글을 쓰는 데도 막힘없이 술술 써 내려갔던 것 같다. 피디에 대해, 또는 방송에 대해 조사를 하면 할수록 힘든 것보다는 즐거운 마음이 더 많아서 이 글쓰기가 마냥 재밌게 느껴졌다. 그리고 나중에 내가 피디가 되었을 때 내가 논어를 통해 추구하고자 하는 피디의 모습을 가진 모습을 상상하면서 글을 쓰니 힘들진 않았던 것 같다. 또 현대 직업인 방송 피디와 고전 인문학인 논어가 이렇게나 깊은 연관성이 있다는 것에 나는 다시 한번 흥미를 느꼈다. 세상 어느 곳에든 무엇이든 다 논어가 바탕에 깔려 있지 않을까라는 생각이 들 정도로 논어는 삶의 기본 자세에 대한 이야기들이 많이 담겨 있어 내용이 크게 어렵지만은 않았다. 그렇다고 해서 또 마냥 쉽지만은 않았다. 어떨 때는 다 이해한 거 같다가도 또 어떨 때는 전혀 이해할 수 없는 논어가 신비롭게 느껴졌다. 이 글을 쓰기까지 논어책을 다섯 번 이상을 읽었지만 글을 다 쓴 지금 다시 논어를 처음부터 끝까지 정독해 보고 싶다.

현대 사회 리더들의 바이블 논어

김영미

목차

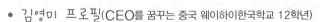 김영미 프로필(CEO를 꿈꾸는 중국 웨이하이한국학교 12학년)

태어나자마자 현지에서 사업을 하시는 부모님을 따라 중국 산동시 웨이하이에 오게 됐다. 어릴 때는 책 읽기를 좋아하여 학교 도서관을 자주 들렀으며 공부방에는 항상 책이 넘쳐났었다. 그 많은 책들 중 지금 가장 좋아하는 책은 논어이며 자신의 꿈인 신세대를 이끄는 리더와 접목시켜 글을 쓰는데 커다란 즐거움을 느끼고 있다. 이 책에는 자신의 미래를 꿈꾸는 학생의 글로 자산에게 있어 논어와 사회를 위하는 리더란 무엇인가에 대한 고찰이 담겨 있다.

서문

나의 꿈은 신세대를 이끌 리더가 되는 것이다. 단지 한 기업을 경영하는 사람이 되고 싶은 것이 아닌 기업과 사회 모두에게 좋은 영향을 선사하는 그런 직업을 갖는 것이 나의 꿈이다. 정확히 이런 꿈을 가지게 된 것은 고등학교에 올라와 막 새로운 생활을 시작할 때였다. 내가 초등학교 때부터 좋아한 아티스트가 리더로서 성장하고 멤버들의 가능성을 최대한으로 끌어 올려 세계적인 그룹으로 성공하는 모습을 오랜 기간에 걸쳐 지켜 봐 왔다. 이런 모습은 내가 나의 꿈을 정하게 된 계기가 되었다. 나 역시 한 조직의 리더가 되어 사람들에게 열정과 좋은 영향을 주고 싶어졌다. 꿈을 가지게 되니 자연스럽게 나의 어렸을 때 취미이자 학생들의 필수 교양인 독서로 꿈에 대해서 더 알아가게 되었다. 그러면서 접한 책이 논어였다.

논어는 경영인이라면 반드시 읽어야 하는 필독서 중 하나로 꼽힌다. 유교 정신과 인을 깨우치는 것은 리더가 갖추어야 할 도덕적 소양이 무엇인지 알게 해 주었고, 군자와 소자에 대해 비교하고 다룬 구절에서는 리더가 행해야 하는 일을 가르쳐 주었다. 하루하루 논어를 통해 리더가 갖추어야 할 자질에 대해 배우던 도중 문득 의문이 들었다.

'논어는 오래 전에 씌여진 책이다. 근데 앞으로 다가올 새로운 시대를 위해 일하려는 내가 이 책에 너무 몰두해서 약간 구시대적인 발상을 가지면 어떡하지?'

엉뚱해 보일지도 모르지만 나에게는 나름 진지한 고민이었다. 옛것이 나쁘다는 것은 아니지만 과학기술과 통신의 발전에 따라 사람 역시 빨리 바뀌는 이 시기에 옛것 만을 잡고 있는 사람은 실패를 할게 뻔해 보였기 때문이다. 이런 고민을 가지고 논어를 읽던 도중 한 문구를 발견했다.

子曰 溫故而知新이면 可以爲師矣니라. (위정편 11장)
옛것을 알고 새로운 지식을 터득하면 능히 스승이 될 수 있다.

이 구절을 읽자마자 나의 의문을 풀어줄 정답이라는 확신이 들었다. 그렇다! 논어를 읽음으로써 리더로서 갖추어야 할 자질을 배우고, 현대의 성공한 리더들의 이야기를 들으면서 혁신적인 아이디어와 새로운 것에 적응하고 이끌어 나가는 유연성을 배우면 되는 것이다. 선현들의 잊어서는 안 되는 지식과 현대 사회에서 성공을 이룬 사람들의 지식의 융합, 이 생각이 떠오르자마자 나는 당장이라도 글을 써야겠다는 충동에 휩싸였고 그렇게 이 책을 시작했다.

구와 신의 만남, 어렵기는 하겠지만 이 두 가지의 이음부를 이해하고 옛 것에 새로운 것을 더한 어느 한쪽도 배척하지 않고 온전히 받아들이는 것 이야말로 새로운 세대가 원하는 다재다능한 사람이 아닐까 생각했다. 그리고 그런 사람이 되기를 원하기 시작했다. 그래서 이번 기회에 구와 신이 두 가지에 대해 제대로 다루어 보려 한다. 누구나 아는 성공한 리더들의 이야기와 공자의 이야기가 담긴 논어를 나만의 식대로 이 책에 쏟아 내보려 한다. 이 책의 막바지에 다다를 때 만약 이 책을 읽고 있는 당신이 나와 같은 생각을 가지게 될 수 있다면 정말 기쁠 것이다.

제 1장
스티브 잡스

　본명 Steven Paul Jobs. 소위 스티브 잡스라고 알려진 세계에서 가장 유명한 경영자 중 한 명인 그는 1955년 2월 24일 미국 캘리포니아주 샌프란시스코에서 태어났다. 나는 누가 굳이 알려 주지 않아도 그의 존재를 너무나도 잘 알고 있었다. 살면서 누구나 한번 들어보았고 한때 내 무료한 생활을 혁신적인 재미로 채워 준 아이패드를 만든 회사 애플(Apple)의 창립자이기도 하고 '토이스토리', '몬스터 주식회사', '니모를 찾아서', '라따뚜이', '업' 등 내가 자라면서 봐온 수 많은 감동적이고 재미있는 애니메이션 영화를 제작한 스튜디오 픽사 애니메이션 스튜디오(Pixar Animation Studios)의 대주주이자 CEO이기도 하다.

1. 변화를 추구하는 리더

子曰 齊一變至於魯 魯一變至於道(옹야편 11장)
공자께서 말씀하셨다. 제나라가 한번 변하면 노나라의 문화수준에 이르고 노나
라가 한번 변하면 道(도)에 이른다.

"여기 미치광이들이 있다. 사회부적응자, 반항아, 말썽장이,네모난 구멍
속에 쑤셔넣은 둥근 못 같은 사람들 세상을 다르게 보는 사람들. 그들은 규
칙을 좋아하지 않는다. 그리고 그들은 현재를 존중하지 않는다. 당신은 그
들의 말을 인용하거나, 당신은 그들의 말에 동의하지 않을 수도 있다. 당신
은 그들을 찬양하거나 비난할 수 있다. 모든 것이 당신의 자유지만 단 한 가
지 당신은 그들을 무시할 수가 없다. 왜냐하면 그들은 세상을 변화시켰기
때문이다. 그들은 인류를 앞으로 이끌어 나간다. 어떤 사람들은 그들을 미
치광이로 보겠지만, 우리들은 그들이 천재라고 생각한다. 왜냐하면 세상을
변화시킬 수 있다고 생각할 정도로 미친 사람들이야말로 세상을 바꾸기 때
문이다."

- 스티브 잡스

스티브 잡스의 가장 큰 성공 원인을 따지자면 당연히 그가 데려온 혁신
적인 변화들 덕분이라고 나는 확신한다. 평범하고 평화로운 일상에 만족하
지 않고 새로운 무언가를 위험을 무릅쓰고 찾아가는 변화. 지금 가장 사랑
받고 있는 전자제품인 아이폰과 아이패드, 한때 사람들의 간편한 음악 감
상을 책임졌던 아이팟, 그리고 최초의 개인용 컴퓨터 매킨토시까지 스티브

잡스는 새로운 발상으로 여러분야에 긍정적인 변화를 불러 일으켰다.

논어에서도 변화를 통해 발전하기를 바라는 구절이 나온다. 좋지 못했던 나라는 좋은 나라로, 좋았던 나라는 번창하는 나라로 발전하는 방법으로 변화를 제시하였다. 이렇듯 변화는 우리를 새로운 세상으로 나아가게 해 줄 날개이며, 기존의 것의 부족한 부분을 채워 줄 보조역이다. 스티브 잡스는 변화의 필요성을 알고 새로운 아이디어를 세상에 제시해 성공한 것이다.

이 이야기는 애플의 전설적인 광고 캠페인
'Think Different'의 탄생 비화이다.

출처 : http://mblogthumb2.phinf.naver.net/20160316_261/cperson_14581184608034beCT_
    JPEG/12_%B1%A4%B0%ED%C1%D6%BD%BA%C6%BC%BA%EA%C0%E2%BD%BA.003.
    jpeg?type=w2

2. 감성을 움직이는 리더

子曰 禮云禮云 玉帛云乎哉 樂云樂云 鐘鼓云乎哉(양화편 11장)
예다, 예이다라고 말하지만 어찌 그것이 옥백(옥과 비단)을 말하는 것이겠는가?
악이다, 악(음악)이다라고 말하지만 어찌 그것이 종고(종과 북)를 말하는 것이겠
는가?

"나는 절대로 그 두 가지(예술과 과학)가 별개라고 생각하지 않습니다. 레
오나르도 다빈치는 위대한 예술가이자 위대한 과학자였습니다. 미켈란젤로
는 채석장에서 돌을 자르는 방법에 대해 엄청난 지식을 보유하고 있었습니
다. 내가 아는 가장 뛰어난 컴퓨터 과학자들은 모두 음악가이기도 합니다.
어떤 사람이 다른 사람보다 더 뛰어난 실력을 가진 사람이 있겠죠. 하지만
그들 모두는 음악을 인생의 중요한 일부라고 생각합니다. 최고의 인재들 스
스로를 갈라진 나무의 한쪽 가지로만 보지 않습니다. 나는 그렇게 볼 수가
없습니다."

– 스티브 잡스

2010년대는 기술의 시대를 넘어선 감성의 시대였다. 과학기술과 통신
의 발전으로 인해 대부분의 산업들도 함께 거대해졌고 원래는 사람이 했
어야 하는 일을 기계가 하니 사람들은 여유가 생겨 자신들의 마음을 들여
다보는 일이 늘어났다. 이에 따라 딱딱하기만 하고 성능만 좋은 제품보다
는 디자인과 특별한 의미 등이 돋보이는 제품들의 인기가 많아졌다. 예술
과 과학의 경계선이 옅여진 것이다. 스티브 잡스는 이러한 시장 상황 역시

미리 파악해 세상에서 가장 예쁜 디자인의 핸드폰을 탄생시켰다. 논어에
서도 음악이 그저 종과 북에서 내는 소리만이 음악에 국한되어 있지 않고
나아가 사람의 인성과 행동 역시 음악이라고 한다며 예술의 의미를 한 가
지로 정하지 않았다.

3. 좌절하지 않는 리더

司馬牛 問君者한대 子曰 君者는 不憂不懼니라 曰 不憂不懼면 斯謂之
君子矣乎잇가 子曰 內省不疚어니 夫何憂何懼리오(안연편 4장)
사마우가 군자에 대하여 물었는데, 공자가 말씀하시기를 "군자는 근심하지 않고 두
려워하지 않는다." 사마우가 말하기를 "근심하지 않고 두려워하지 않으면 그를 군자
라고 말하겠습니까?" 공자가 말씀하시기를 "군자는 안으로 자신을 살펴보아도 허물
이 없게 하는 것이니 무엇을 근심하고 무엇을 두려워하겠느냐"

"당신이 언젠가 죽을 것이라는 사실을 기억하는 것이야말로 무언가 잃을
지도 모른다는 두려움에 갇히는 것을 피할 수 있는, 제가 아는 가장 최고의
방법입니다."

- 스티브 잡스

그의 집안은 부유하지 않았다 대학에 들어가 졸업을하기 위해서는 스티
브 잡스는 그를 어렸을 적 입양한 양부모가 평생에 걸쳐 모아온 돈을 모두
써야만 가능한 일이었다. 대학에 들어가 공부를 시작한 그는 정작 그가 하
고 싶지 않은 분야에 대해 공부하면서 대학에 다니는 것은 돈낭비라고 생
각했고 결국 학교를 그만두기로 결정했다. 학교를 그만둔 그는 콜라병을
팔아 밥 한끼를 먹었고 친구방 마룻바닥에서 자는 등 고된 생활을 하였다.
그는 그가 세운 회사에서 잘리기도 했다. 모든 걸 자신의 손으로 이룬
회사에서 그는 나가야만 했다. 심지어 그가 나간 이루 애플은 점점 하락세
를 타기 시작하였다.

평생 일을 했던 그는 암에 걸렸다. 그것도 치료가 불가능하다는 판단이 내려진 췌장암이었다. 그는 앞으로 10년에 걸쳐 가족들에게 해 주어야 할 이야기를 한달 안으로 끝내야 했다.

하지만 스티브 잡스는 이 모든 시련에도 좌절하지 않고 이겨 내었다. 대학에서는 배우고 싶은 것을 배웠으며, 회사에서 잘린 이후 가장 잘나가는 스튜디오를 만들었고, 기적적으로 암의 일부 치료가 가능하여 목숨을 연장했다. 이렇게 나는 그의 좌절하지 않는 정신을 대단하게 생각했다.

스티브 잡스는 좌절과의 싸움에서 이겨 당당히 그의 자리를 지켜냈다. 공자의 말씀처럼 자기 자신이 스스로에게 확신을 가지고 있다면 세상에는 두려울 게 없다. 두려워하지 않고 자신의 소신을 내보이는 사람들이 진정한 리더가 될 수 있을 것이다.

4. 배움을 좋아하는 리더

子曰 學如不及이오 猶恐失之니라. (태백편 17장)
배움이란 도달할 수 없는 것 같이 하고 배운 것은 잃어 버릴까 두려운 듯이 해야 한다.

"Stay hungry, Stay foolish" 항상 갈망하라, 항상 우직하게.

– 스티브 잡스

스티브 잡스는 집안의 경제적 상황이 좋지 않아 자신이 다니던 리드 대학교를 중퇴하였다. 비록 그는 더 이상 당당히 수업을 듣지 못했으나 그는 더 이상 자신이 배우고 싶지 않은 학교 커리큘럼을 따라가지 않아도 되었고, 자신이 듣고 싶은 강의를 전전하며 공부를 해 나갔다. 당시 리드 대학교는 최고의 캘리그래피 강의를 제공하고 있었고 스티브 잡스의 흥미를 끌었다. 이때 그가 배운 캘리그래피는 그가 첫 번째 컴퓨터의 글자꼴을 만드는 데 큰 기여를 한다. 그의 말을 빌려 이야기해 보자면 가장 아름다운 글씨체를 가진 최초의 컴퓨터를 덕분에 만들어 낼 수 있었다. 빈곤이라는 어려움에도 스티브 잡스는 배우는 것을 놓지 않아서 빚어낼 수 있었던 결과이었다. 공자께서 항상 배움의 중요성을 강조하고 배우는 것을 좋아했던 것처럼 스티브 잡스 역시 비루한 상황에서도 배움을 향한 열정으로 그의 성공을 얻어 낼 수 있었다.

5. 일을 사랑하는 리더

子曰 知之者不如好之者, 好之者不如樂之者(옹야편 18장)
아는 자는 좋아하는 자를 이기지 못하고, 좋아하는 자는 즐기는 자를 이기지 못
한다.

"일은 당신의 삶에서 큰 부분을 차지할 겁니다. 삶에서 만족을 느끼기 위
해선 당신이 위대하다고 생각하는 일을 해야 하죠. 위대한 일을 할 방법은
당신이 하는 그 일을 사랑하는 겁니다."

– 스티브 잡스

스티브 잡스가 자주 했던 말 중 하나가 바로 당신이 지금 하고 있는 일
을 사랑하라였다. 바로 지금 하고 있는 일을 사랑해야지 그 일에 온 정신
을 집중하고 최선의 힘을 낼 수 있기 때문이다. 내가 공자의 말씀으로 이
부분에서 옹야 제18장을 선택한 이유는 사랑하는 것은 좋아하는 것을 넘
어선 무언가이기 때문이다. 진심으로 일을 사랑하게 된다면 비단 즐거울
뿐만 아니라 온 종일 그 일을 생각하느라 행복할 것이다.

공자의 말씀처럼 자신이 하고 있는 일에 자신감을 가지고 즐긴다면 분
명 커다란 성과를 얻을 수 있을 것이다.

6. 혁신을 창조하는 리더

子曰 君子는 上達하고 小人은 下達이니라. (헌문편 24장)
군자는 날마다 위로 향하여 나아가며 소인은 날마다 아래를 향하여 나아간다.

"나는 우리가 이뤄온 것들만큼 우리가 아직 이루지 못한 것들이 자랑스
럽다. 혁신은 현존하는 수천 가지 것들에 '아니'라고 말하는 것이다."

- 스티브 잡스

앞서 언급했듯이 그는 혁신적인 사람이다. 누가 이제 막 컴퓨터라는 개
념이 생겼던 시기에 개인용 컴퓨터를 가정마다 사용하게 하겠다고 생각할
수 있었을까? 변화를 넘어서 혁신, 기존에 있었던 것의 변환이 아니라 아
예 새로운 개념을 만들어 내는 것은 결코 쉬운 일이 아니다. 평범한 하루
를 똑같이 보내는 이에게는 결코 떠오를 수 없을 것이다. 논어에서도 매일
달라지는 사람의 모습이 군자의 모습이라고 한 것처럼 새로운 것에 대한
탐구와 긍정적인 방향으로서의 발전은 당신을 또 다른 성공한 경영인으로
만들어 줄 수도 있다.

꿈이 신세대를 이끌어가고자 하는 사람이 되는 것이라면 논어 구절에
나온 하류, 즉 변함 없이 흘려보내는 시간을 보내는 한결 같은 사람이 아
니라 변화를 두려워하지 않고 날마다 위로 새로운 시대를 향해 나아가야
할 것이다.

7. 남들과 다르기를 소망하는 리더

子貢曰 紂之不善 不如是之甚也 是以君子 惡居下流 天下之惡 皆歸焉
(자장편 20장)
자공이 말하길 주왕의 선하지 못함이 이렇게 심하지는 않았다. 이 때문에 군자는
하류에 있기를 싫어하니 천하의 악이 모두 모여들기 때문이다.

"경영은 기존 질서와 철저히 다르게"

- 스티브 잡스

자장편 제20장에 나온 하류란 고여 있는 물, 즉 늘상 똑같은 자리에 있는 사람이라고 나는 생각한다. 남들과 똑같고 다른 점이 없는데 어떻게 성공을 할까? 예를 들어 어떤 내가 시장에서 사과를 사려고 하는 상황이다 맛도 빛깔도 심지어 가격도 같고 판매자에 대한 인상도 같다면 어떤 사과를 사야 될지 아주 많은 고민을 하게 될 것이다. 그러나 아주 작은 점에서라도 우위를 차지하는 부분의 사과가 있다면 사과를 구매하는데 조금의 망설임도 없을 것이다. 이러한 작은 사례만 봐도 특별한 점이 없는 제품은 압도적으로 경쟁 시장에서 불리하다. 차이점 이것이 바로 경쟁시장에서 살아남고 나아가 이익을 내는 방법이다.

　　본명 마윈(马云, Jack Ma)는 1964년 9월 10일 중화인민공화국 항저우 시에서 태어나 항저우 사범 대학교 영어 교육과를 졸업한 중국 최고의 대기업인 알리바바 그룹의 전 회장이다.

1. 인재를 보는 눈이 있는 리더

周公이 謂魯公曰 君子 不施其親하며 不使大臣으로 怨乎不以하며 故舊
無大故則不棄也하며 無求備於一人이니라. (미자편 10장)
주공이 (아들) 노공에게 말했다. 군자는 자기의 친족을 버리지 않으며 대신들로
하여금 그들의 의견을 무시한다고 원망하지 않게 하며 오랫동안 같이 일해 온 사
람은 큰 잘못이 없으면 버리지 말고 한 사람에게서 모든 재능이 갖추어지기를 기
대하지 말라.

"만약 당신이 몽상을 가지고 있다면, 그 몽상을 계속할 것인지, 행동으로
옮길 것인지 고민할 겁니다. 하지만 만약 당신이 이상을 갖고 있다면 당신
은 같은 꿈을 꾸는 사람들과 함께 가고 있는지 보아야 합니다. 창업은 매우
힘든 일이며 당신 한 사람의 일이 아닌, 함께하는 조직의 일입니다."

- 마윈

아무리 좋은 마차에, 마차를 운전하는 사람의 능력이 뛰어나더라도 바
퀴가 없으면 마차는 나아가지 않는다. 마차가 바퀴가 없는 상태에서 나아
간다고 하더라도 이는 덜컹거리며 심하게 흔들리다가 결국에는 파손되어
다시 손볼 수 없는 상태까지 된다.

나는 이 모습이 바로 인재가 없는 조직의 상태라고 생각한다. 인재가 조
직의 모든 일을 맡아 하는 것은 아니나 상대 조직과 차이점을 만들어 우위
를 차지하기 위해선 인재의 역할이 무엇보다도 중요하다.

공자 역시 인재를 매우 중요시했던 것이 분명하다. 논어에 인재에 관한

수많은 구절들을 남긴 것을 보면 알 수 있다. 인재를 가까이 두고 배우고 도움을 받는 그런 관계는 내가 생각하는 이상적인 부하와 상사의 모습이다. 나 역시 공자처럼 조직 안에서 인재의 역할을 매우 중요하게 생각하는 사람으로서 만약 내가 어떤 기업의 오너가 되거나 사회단체의 장이 된다면 분명 인재를 선발하는데 매우 공을 들일 것이다.

많은 훌륭한 기업인들이, 뛰어난 경영인의 자질 중 하나는 바로 자신과 뜻이 맞는 인재를 선발하여 알맞은 위치에 배정해 적절한 양의 일을 시키는 것이라고 한다. 인재라고 해서 모든 일에 능수능란하고 뭐든지 잘하는 만능은 아니기 때문에 인재의 장점과 단점을 정확히 파악하여 조직에서 알맞은 위치에 배치 해 주는 것 역시 경영인의 역량이다.

2. 소통를 중요시하는 리더

子絶四 : 毋意, 毋必, 毋固, 毋我 (자한편 4장)
공자가 하지 않은 일이 네 가지 있었다. 무슨 일이든 확실하지 않는데도 지레짐작
으로 단정을 내리는 의(意), 자기 언행에 있어 반드시 틀림없다고 단정내리는 필
(必), 자기의 의견만 옳다고 고집하는 고(固), 매사를 자기만을 위한 이기적인 아
(我)이다.

> "핵심은 시장에 의거해 당신의 상품을 정의하는 것이다. 관건은 고객의
> 소리에 귀를 기울이는데 있다."
>
> – 마윈

통신 기술이 발전하면서 요즘은 고객들의 불만이나 상품의 이상이 있으
면 바로 바로 접할 수 있는 시대다. 판매자는 직접 소비자가 되어 보지 않
는 이상 자신이 판매하고 있는 물건이나 자신의 태도에 문제점이 있는지
알 수가 없다. 그러니 점점 안좋아지는 매출의 문제점을 찾지 못해 끙끙
거린다. 하지만 이제는 고객들에게서 직접 어떤 문제점이 있는지 물어보
고 피드백을 수용해 더 나은 상품과 판매방식을 고안해 낼 수 있다. 이러
한 점에서 경영인은 자신의 방식이 무조건 옳다는 생각이 아닌 공자 처럼
다른 사람의 말을 듣고 자신의 의견을 바르게 표현할 줄 아는 사람이 되어
고객의 소리에 귀를 기울여야 한다.

3. 믿음을 주는 리더

子貢問政. 子曰, "足食, 足兵, 民信之矣." 子貢曰, "必不得已而去,
於斯三者何先?" 曰, "去兵." 子貢曰, "必不得已而去, 於斯二者何先?"
曰, "去食. 自古皆有死, 民無信不立."**(안연편 7장)**
자공이 정치에 대해 여쭙자 공자께서 말씀하셨습니다.
"식량을 충족시키는 것, 병장기를 충분하게 하는 것, 백성들이 군주를 믿게 하는
것이란다."
자공이 다시 물었습니다.
"만일 부득이 버려야 한다면 이 세 가지 중에서 어떤 것을 먼저 버려야겠습니까?"
이에 공자께서 말씀하셨습니다.
"병장기를 버려야 하지."
자공이 다시 물었습니다.
"만일 부득이 버려야 한다면 이 두 가지 중에서 어떤 것을 먼저 버려야겠습니까?"
공자께서 말씀하셨습니다.
"식량을 버려야 한단다. 예부터 사람은 누구나 죽게 되지만, 백성들의 믿음이 없
다면 나라는 존립할 수가 없게 되지."

> "같이 일하는 사람에게 성실하고 진실하게 대하라."
>
> - 마윈

성실하고 진실하게 사람을 대하는 것, 그만큼 사람에게 믿음을 주는데
좋은 방법이 없다고 생각한다. 사업의 기본은 믿음이다. 그 어느 회사도
믿음도 신용도 없는 회사와 함께 일하고 싶지 않다. 이 점을 항상 명심해

야 한다. 믿음을 주는 사람이 회사를 위해 일해 주는 직원이던 같이 협업을 해 나아갈 회사의 오너이던 믿음이 없다면 함께하는 길에 끝도 없는 의심과 의문으로 일을 처리하는데 시간이 오래 걸리는 것은 물론 결과물 역시 좋지 못할 것이다. 믿음이 없다면 나라는 존립하지 못한다는 공자의 말씀에서 나라를 회사나 조직으로 바꾸어도 똑같을 것이라도 생각한다.

그러니 정직하고 바른 상관을 내세워 직원들이 믿고 따르게 할 수 있다면 분명 좋은 사업체가 될 것이다. 아무도 불만을 제기할 그런 사람을 찾기는 어렵겠지만 적어도 모두가 저 사람 때문에 출근하기 싫다는 생각이 들게 하는 사람을 고용해서는 안 된다. 그게 쌓이다 보면 결국 언젠가는 기업체에 커다란 악영향을 끼칠 것임이 분명하기 때문이다.

출처 : http://m5.baidu.com/sf/vsearch?pd=image_content&word=%E9%A9%AC%E4%BA%91&tn=vsearch&atn=mediacy&fr=tab&sa=ts_3&imgtype=1&cs=1542168783%2C212884969&imgpn=22&imgspn=0&imgis=&imgos=1542168783%2C212884969&tt=1

4. 적극적인 리더

子曰 君子는 欲訥於言而敏於行이니라. (이인편 24장)
군자는 말은 더디되 행동은 민첩하게 하고자 한다.

"앞장서서 실행하라, 그것이 청소하는 일이라도 마찬가지이다."

— 마윈

만약 자신이 속한 단체의 리더가 소극적이라면 어떨지 생각해 본 적이 있는가? 일을 하는데 진중해 보이고 남의 의견을 잘 들어 주어 좋은 리더라고 생각하는가? 공자와 마윈은 이 질문에 분명 아니다라고 대답했을 것이다. 적극적인 리더, 이런 리더는 분명 일을 하는데 능동적이고 활발한 사람일 것이다. 한 가지 논제에 대한 다른 사람들의 생각도 물어 볼 것이고 여러가지 상황들을 생각해 보기도 할 것이다. 공자처럼 말로 하기보다는 남들이 하기 전에 솔선수범을 보여 뒤따라 하는 사람들의 사기를 북돋

아 주는 사람이 적극적인 리더일 수도 있다. 어떠한 면에서든 적극적으로 보인다면 적어도 소극적인 리더들보다는 일에 관심을 가지고 열심히 한다는 것을 사람들에게 알려 그 사람들 역시 일에 좀 더 적극적인 태도를 가지게 할 수 있을 것이다.

출처 : http://m5.baidu.com/sf/vsearch?pd=image_content&word=%E9%A9%AC%E4%BA%91&
tn=vsearch&atn=mediacy&fr=tab&sa=ts_3&imgpn=0&imgspn=0&tt=1&di=&pi=0&cs=238
7184088%2C3493552523&imgos=2387184088%2C3493552523&imgis=&imgtype=1&ssrl
id=811135658265331199

5. 격려해 주는 리더

子曰 君子 成人之美 不成人之惡 小人反是(안연편 16장)
공자께서 말씀하셨다. 군자는 다른 사람의 미덕을 살려주고, 다른 사람의 악덕을
제거시킨다. 소인은 이와 반대다.

> "이 어둠을 뚫고 나가려면 함께 힘을 모아야 합니다. 다 함께 소리 지르며
> 앞으로 달려가야 합니다. 내가 선창하면 여러분은 무조건 앞으로 달려 나가야
> 합니다. 앞으로, 앞으로 계속 전진해야 합니다. 18명이 함께 칼을 휘두르고 함
> 성을 질러야 합니다. 우리가 힘을 합하면 아무것도 두려울 것이 없습니다."
>
> - 마윈

사람을 중요시하는 마윈은 사람을 채용할 때도 그의 태도가 그대로 드
러났다. 마윈이 자신의 고향인 저장성 항저우시에서 영어 교사로 첫 사회
생활을 시작한 것은 유명한 일화이다. 이후 마윈은 1999년 자신이 살던
아파트에서 친구 등 18명을 불러 모아 알리바바를 창업해 직원 5만 명의
중국 최대 전자 상거래 업체로 키워냈다. 마윈은 자신이 20년 동안 살아
남을 수 있었던 비결은 교사였기 때문이라며 교사를 통해 재능이 있는 사
람을 찾아내는 법을 배웠고, 그들이 자신이 가진 능력을 더욱 마음껏 발휘
할 수 있도록 영감을 주는 법을 배웠다고 했다.

마윈은 그가 채용한 사람을 의심하지 말라고도 말했다. 이것이 그가 사
람을 고용하는 원칙이었다. 선택을 했다면 그를 충분히 믿어야 하고 재능
을 발휘하도록 권한을 넘겨 주어야 한다는 뜻이다. 제대로 사람을 사용하

는 리더는 쉽게 의심하지 않는다. 이렇게 쉽게 접근하면 직원의 이탈 가능성 역시 줄어든다. 사실 물질적 장려는 직원을 격려하는 차원의 부차적인 조건일 뿐이다. 존중과 신임을 주는 것이 직원의 일에 대한 열정과 새로운 기발한 제품을 만드는 창조성을 불러 일으키는 원동력이다.

공자의 말씀 중 미덕을 살려준다는 것은 사람의 공덕을 인정하고 다른 사람들 앞에서 그를 칭찬하는 것이라고 생각한다. 자신이 이루어 낸 일에 대하여 인정받고 나아가 다음 일에 대한 기대를 받는 것은 앞으로 일을 하는데 커다란 원동력이 된다. 공자께서도 분명히 이런 사실을 알고 칭찬의 중요성을 강조하셨을 것이라고 생각한다.

출처 : http://m5.baidu.com/sf/vsearch?pd=image_content&word=%E9%A9%A
C%E4%BA%91&tn=vsearch&atn=mediacy&fr=tab&sa=ts_3&imgtype=1&c
s=842249687%2C2674181706&imgpn=70&imgspn=0&imgis=842249687%
2C2674181706&imgos=842249687%2C2674181706&tt=1

6. 도움을 주는 리더

顏淵이 日願無伐善하며 無施勞하노이다. 子路日 願聞子之志하노이다.
子日 老子를 安之하며 朋友를 信之하며 少者를 懷느니라. (공야장편 25장)
안연은 착한 일을 자랑하지 않고 힘든 일을 강요하지 않겠습니다 했으니. 자로가
선생님께서 원하시는 바를 들려 주십시오 하자, 공자가 말했다. 노인들을 편안하
게 하여 주고, 벗들에게는 신의를 지키며 젊은이를 따뜻하게 감싸주려 한다.

> "생각에 여유가 있어야 한다. 나, 나, 나… 오로지 자신으로만 채워지면
> 해 낼 수 없다. 동료와 협력사를 생각해야 한다. 내 꿈이 아니다. '우리'의 꿈
> 이 회사의 꿈이다."
>
> – 마윈

마윈은 직원을 끔찍이 아낀다고 소문이 나 있다. 한번은 고객 서비스 센
터에서 진상을 피우는 상담 고객에 의해 상담원이 힘들어 하자 자신이 직
접 전화를 받아 대신 상담을 진행했다는 이야기가 있다. 공자께서는 안연
을 노인을 공경하고 벗들과 의리를 지키며 어린 사람들을 배려하는 사람
이라며 그를 칭찬하고 있다. 나는 안연의 모습에서 뛰어난 리더의 행동과
겹쳐 보였다. 사회적 약자를 배려하고 동료에게 신뢰를 주며 사회 초년생
들에게는 기회를 주는 리더가 내가 생각하는 이상적인 리더이다. 그게 사
무실을 더욱 쾌적하게 만든다던가 불필요한 점검 단계를 없애 버린다던가
또는 좋은 기분이 들게 맛있는 간식을 제공하는 것일 수도 있다. 어떠한
방식이던 당신이 당신의 식대로 상대방에게 도움을 주었다면 그 사람 또
한 당신을 위해 기쁘게 수고스러운 일도 마다하지 않을 것이다.

7. 결집 능력이 뛰어난 리더

哀公이 問曰 何爲則民服이니까. 孔子 對曰 擧直錯諸枉則民服하고 擧
枉錯諸直則民不服이니이다.(위정편 19장)
노나라 애공왕이 어떻게 하면 백성들이 복종을 하겠습니까? 하니, 공자 대답이
곧고 올바른 사람을 등용해서 곧지 않는 사람 위에 놓으면 백성들은 마음까지 복
종하지만 반대로 부정직한 사람을 등용하여 정직한 사람 위에 놓으면 백성들은
복종하지 않습니다.

> "당신은 모든 사람들의 생각을
> 통일시킬 수 있을 거라 믿지도 마라.
> 불가능하다.
> 당신 동료들 중 30%는 절대 당신을 믿지 않는다.
> 당신의 동료와 직원들이 당신을 위해 일하게 하지 마라.
> 대신에 그들이 공동의 목표를 향해 일하게 해라.
> 특정한 사람 아래로 멤버들을 통일시키는 것보다,
> 공동의 목표 아래로 기업을 통일시키는 것이 훨씬 쉽다."
>
> — 마윈

리더라는 자리는 무엇이든 혼자서 척척 잘해 내는 사람의 자리가 아니
다. 오히려 자신이 모든 방면에서 뛰어나기보다는 재능 있는 사람들을 자
신의 편으로 모으는 능력이 훨씬 중요하게 여겨진다. 정직한 사람을 최상
위 관리자로 일임하는 것이 백성을 다루는 방법 중 하나라고 말씀하신 공

자와 공동의 목표 아래 사람을 모으는 마윈의 공통점은 바로 사람을 통솔하는 자신들 나름의 방법이 있다는 사실이다. 통솔력이 있는 리더는 단기간에 높은 퀄리티를 뽑아내야 하는 작업을 효율적으로 해낼 수 있다. 작업 중간에 딴길로 새지 않고 일에 집중할 수 있게 만들고 자신이 하는 일에 대한 의문점이 없다면 자연히 일의 효율도 느는 법인데 직원들이 그런 환경에서 일을 할 수 있도록 도와주는 것이 리더가 할 일이다. 모든 직원의 필요를 일일이 맞춰가며 그들의 노동력을 얻을 수 있다고 생각하는 사람은 없을 것이다. 그러니 그들에게 일하는 동기를 부여해 주기 위해 무엇이 필요한지 파악하는 것이 중요하다. 공자처럼 바른 사람이 지도해 주는 것을 바랄 수도 있고, 마윈처럼 최종 목표를 통일시킬 수도 있다. 아니면 아주 단순하게 단지 월급을 위해 일을 할 수도 있고 자신이 원하는 연구의 지원을 바랄 수도 있다. 이런 필요를 적당히 잘 조절하는 사람이 결집 능력이 뛰어난 리더라고 생각한다.

출처 : http://m5.baidu.com/sf/vsearch?pd=image_content&word=%E9%A9%AC%E4%BA
%91&tn=vsearch&atn=mediacy&fr=tab&sa=ts_3&imgtype=1&cs=4058522312%2C9
22790226&imgpn=136&imgspn=0&imgis=&imgos=4058522312%2C922790226&tt=1

8. 반성하는 리더

子曰 君子不重則不威 學則不固 主忠信 無友不如己者 過則勿憚改(학이
편 8장)
공자가 말씀하셨다. "군자가 진중하지 않으면 위엄이 없다. 배움에는 완고하거나
고루하지 말아야 하며 충심과 신의를 주창하라. 자신보다 못한 이를 벗하지 말
고, 과오가 있으면 고치기를 꺼려하지 말라."

"실수를 피하기 위해서가 아니라, 이런 실수를 다시 경험할 때 어떻게 대
처해야 하는지 알 수 있기 때문이다."

- 마윈

사람으로 태어난 이상 누구나 실수를 한다. 아무리 뛰어난 리더라고 해
도 살면서 단 한번도 실수를 저지르지 않은 사람이 없을 것이다. 그러나 실
수를 저지르고 나서부터 성공자와 실패자가 갈린다고 생각한다. 실수가 많
다고 해서 실패자가 아니다. 실수를 통해서 무엇을 배웠고 이를 실천했느
냐에 따라 성공 또는 실패가 갈린다. 실수를 한 경험이 있다면 다음에는 똑
같은 실수를 하지 않도록 조심하고 혹시라도 같은 실수를 저질렀을 때 더
나은 대처법을 고안해 내는 것 등 실수를 함으로써 배우는 것은 정말 많
다. 그러니 우리는 실수를 통해 좌절 또는 잘못을 부정하는 태도가 아닌 실
수를 인정하고 더 나은 사람이 되도록 노력을 하는 태도를 갖추어야 한다.
공자도 군자의 덕목 중 자신이 잘못을 저질렀다면 이를 깔끔하게 인정하
고 조언을 받아 고쳐나가는 것이 중요하다고 하셨다. 같은 실수를 반복하
지 않고 과거의 잘못에서 배움을 얻는 사람이 군자가 될 수 있을 것이다.

제 3장
마크 저커버그

출처 : https://www.pinterest.com/pin/680888037393329947/

마크 저커버그(Mark Elliot Zucerberg)는 현재 수억 명이 사용하고 있는 SNS(소셜네트워크)를 선두로 이끌어 온 페이스북의 창시자이자 오너로, 페이스북은 많은 사람들이 애용하고 있다. 추정 재산 대략 790억 달러(한화 93조 원) 정도로 최연소 억만장자 중 한 명. 이제는 세계 최고 부자 10위 안에 드는 초거부가 되었다. 2010년 타임지 선정 올해의 인물로 뽑히기도 하였다. 2019년 현재 빌 게이츠 회장, 제프 베조스 회장, 베르나르 아르노 회장, 워렌 버핏 회장을 이은 세계 5위 부자이다.

출처 : https://m.post.naver.com/viewer/postView.nhn?volumeNo=17822274&memberNo=448322
13&vType=VERTICAL

1. 꾸준한 리더

子曰 譬如爲山 未成一簣 止 吾止也 譬如平地 雖覆一簣 進 吾往也(자한
편 18장)
공자가 말했다. "예컨데, 흙을 쌓아 산을 만든다고 가정해 보세. 겨우 한 삼태기
분량의 흙을 채우지 못한채 일을 그만 둔다면 바로 내가 그만 둔 것이네. 예컨대
땅을 평평하게 고르는 일을 생각해 보세. 비록 겨우 한 삼태기의 흙을 갖다 부었
을 뿐이더라도 일을 진척시켰다면 바로 내가 앞으로 나아간 것이라네."

"What is more important than hot passion is persistent passion.
뜨거운 열정보다 중요한 건 지속적인 열정이다."

- 마크 저커버그

그가 이른 나이에 큰 성공을 이룰 수 있었던 이유는 바로 변함 없는 꾸
준함 덕분이라고 생각한다. 그는 항상 꾸준함과 변함 없는 태도를 유지하
라는 뜻의 말을 자주하였다. 꾸준함을 유지하기란 쉽지 않다. 나는 무언
가를 꾸준히 하기 정말 힘든 성격이다. 반복되는 상황을 쉽게 질려 하기
때문이다. 그래서 난 그가 정말 대단하다고 생각한다. 세상을 바꾼 일을
했고 하고 있으면서 변함 없는 끈기를 유지하고 있는 것이 존경스럽다. 논
어에서도 노력을 통해 자신이 이루고자 한 바를 포기하지 말고 꾸준히 정
진하여 자신의 뜻을 펼치라고 말한 것처럼 한순간 모든 것을 쏟아 내는 열
정보다는 지속적으로 이루어 내는 열정을 가져야겠다.

2. 열정적인 리더

葉公問孔子於子路, 子路不對. 子曰, 女奚不曰, 其爲人也, 發憤忘食,
樂以忘憂, 不知老之將至云爾. (술이편 18장)
선생님은 배움을 좋아하여 알고자 하는 마음이 생겨나면 밥 먹는 것조차 잊어 버리고, 배움을 통해 알게 되면 그 즐거움으로 인해 근심조차 잊을 버릴 정도입니다.

"가장 열정적으로 할 수 있는 것이 무엇인지 찾아라."

– 마크 저커버그

'열정 없이 사느니 차라리 죽는 게 낫다.'(Rather be dead than cool) 내가 좋아하는 아티스트 커트 코베인의 좌우명이다. 이렇게 열정은 누군가에게는 삶의 이유 또는 동기가 될 수도 있다. 어떠한 일이든 하고자 하는 열정만 있다면 어떠한 형태의 결과물이 나오기 마련이다. 리더가 열정을 가지고 일을 해야 사원들도 영향을 받아 일을 하는데 최선을 다한다. 공부에 대한 열정으로 모든 일을 잊어 버린 공자처럼 리더는 열정으로 일에 임한다면 분명 뛰어난 리더가 될 수 있을 것이다.

'I mostly built stuff that I liked 저는 보통 제가 좋아하는 것만 만듭니다.'
그의 성공의 원천은 '재미'에 있다.

출처 : https://m.blog.naver.com/gkitchen/2201
33012557?imageCode=20140926_231%2F
gkitchen_1411665875727prlt7_JPEG

138

3. 도전을 하는 리더

子曰 士而懷居면 不足以爲士矣니라. (헌문편 3장)
선비가 편안하게 살기만 생각한다면 선비라고 하기에 부족하다.

"빠르게 움직이고 주변의 틀을 깨부숴라. 주변의 틀을 부숴버리지 않는 다면 빠르게 움직이고 있는 것이 아니다."

- 마크 저커버그

도전이 없는 인생은 잠자는 인생이나 다름없다. 어제와는 다른 도전을 준비하고 시도할 때 경영은 언제나 기다려지고 설레며 가슴이 뛴다. 어제와 비슷한 오늘, 오늘과 비슷한 내일이 반복된다고 생각하면 정말 살맛이 나지 않는다. 도전은 언제나 낯선 곳으로의 떠남이며, 지금까지 가 보지 않은 미지의 세계로 들어가는 여행이다. 도전이 없는 회사는 단조롭다. 단조로운 회사는 눈에 띄는 결과를 보기 힘들다. 늘 비슷한 일을 반복하다 보니 언제나 비슷한 결과를 얻을 뿐이다. 지금까지와는 색다른 결과를 얻고 싶다면 시도해 보지 못한 새로운 도전을 시작해야 된다. 색다른 도전만이 색다른 결과를 만들 수 있다. 도전은 회사에 활력을 불어넣고 주고, 목표를 향해 매진하는 여정에 열정을 불어넣어 준다. 공자의 말씀처럼 그저 똑같은 편안한 경영보다는 도전적이고 활동적인 리더가 되어야겠다.

출처 : http://kids.donga.com/news/vv.php?type=news&id=20190414162345669069

4. 목표가 뚜렷한 리더

子曰 *以約失之者 鮮矣*니라. (이인편 23장)
모든 일을 단단히 죄고 단속하므로써 실수하는 일이 드물다.

"나의 목표는 절대 회사를 설립하는 것이 아니었다고 말하면 많은 사람
들이 내가 돈벌이에 관심이 없다고 잘못 이해한다. 하지만 나는 단순히 회
사를 설립하는 것이 목표가 아닌 세상에 아주 큰 변화를 가져올 다른 무언
가를 만들겠다는 의미이다."

– 마크 저커버그

나는 뛰어난 경영인이 되기 위해선 각자의 롤모델을 만드는 것이 중요
하다고 확신하며 지금이라도 자신만의 롤모델을 만드는 것을 강력히 추천
한다. 훗날 내가 나 스스로를 뒤돌아 봤을 때 나만의 장점이 섞인 그 사람
의 모습이 보인다면 나는 분명 성공한 경영인이 되어 있을 것이다. 그건
나의 장점과 나의 롤모델에 갖는 확신이자 믿음이다.

출처 : https://m.blog.naver.com/sollina6
0/220973250003?imageCode=MjAx
NzA0MDJfMjcx%2FMDAxNDkxMTE
2MDY0MDc2.44RCDWc5-khmkdSS
gqtOSJtzzUg73DklQhAWf6ko98og.
LKPFd42QAQxYzr1tR2kUKMVnfhUBT-
TsUYVQzySnrIAg.JPEG.sollina60

5. 이성적인 리더

子曰 見賢思齊焉하며 見不賢而內自省也니라. (이인편 17장)
어진 사람을 보면 그와 같이 되기를 생각하며, 어질지 못한 사람을 보면 스스로
깊이 반성한다.

"주위의 비난에 흔들리지 말고 묵묵히 나아가라"

- 마크 저커버그

만약 지금 이 책을 읽고 있는 사람이 리더가 되기를 소망하는 사람이라
는 나는 최초로 경제학과를 설립한 케임브리지 대학에 교수로 취임한 앨
프레드 마셜(Alfred Marshall)이 말한 'cool heads but warm hearts' 이 말에
어울리는 사람이 되기 위해 노력하자고 말해 주고 싶다. '차가운 머리와
따뜻한 심장을 가져라' 내가 생각하는 완벽한 리더의 모습이다.
일을 할 때 그 어느 누구보다도 냉철한 판단력을 가졌지만 또 지금 진
행하고 있는 일이 사람들에게 어떠한 영향을 끼칠까 고민하는 사람이 진
정한 리더라고 생각한다. 냉철하다는 주로 부정적인 표현이라고 생각하
는 경향이 있는데 나에게는 최고의 표현이다. 감정적으로 모든 일에 대응
하기보다 침착하고 평정심을 유지하여 모든 일을 차근차근 진행해 나가는
성격이 정말 부럽기 때문이다. 일을 할 때 감정적인 것만큼 치사한 게 없
다. 공적인 사항에 사적인 감정을 담는 사람을 볼 때면 정말 왜 저럴까 하
는 생각을 많이 했었다. 인간이기에 모두가 감정이 있고 감정에 따라 행동
을 하기도 한다.

나 역시 내가 소중히 하는 사람들에 대해 부정적인 평이나 말을 하면 단번에 감정적으로 변한다. 이때는 만약 감정과 이성이 사람이라면 온몸에서 새빨간 불을 내뿜으며 부정적인 말의 출처를 때려 부수러 가는 감정이라는 아이를 개미만한 몸집을 가진 이성이라는 아이가 바지 끝 자락을 부여잡고 그러지 말라고 소리치는 것과 다를 바가 없다. 결국 감정이는 부정적인 말의 출처에서 날뛰다가 중요한 곳 몇 곳을 파괴해 초토화시키고 나서야 조금 가라앉아 눈을 사납게 부라리고 있을 것이고 이성이는 벌어진 일에 대한 걱정과 수습해야 되는 일에 대한 규모를 측정하느라 바쁘게 움직일 것이다. 이렇게 감정은 정말 다루기 어려운 것이다.

공자께서 논어에서 자주 강조하는 말씀 중 하나인 마음의 평화 군자의 마음은 쉽게 동요하지 않고 늘 평안하다라는 뜻이 담긴 구절이 여러 개 있을 만큼 유교는 마음의 평화 역시 중요하게 생각하는구나 라고 느꼈다. 마

142

음이 넓고 평평하며 어떤 것에도 쉽게 흔들리지 않아야 그 위에 무언가를 쌓을 수 있어서일까? 흔들리지 않는 강한 이성을 가진 사람이 되고 싶다.

그런 사람이 되려면 어떻게 해야 될까. 꽤나 오랜 시간을 공들여 고민하고 또 고민해 보았는데 결론은 하나였다. 우선은 내가 바뀌어야 한다. 내 가장 큰 특징 중 하나인 우유부단함이 사라진다면 나도 분명 충분히 이성적인 리더가 될 수 있을 것이라고 생각했다.

나는 나 스스로에게 가끔 정말 너그럽다 무슨 실수나 잘못을 했을 때도 '에이 그럴 수도 있지 뭐~ 다음엔 좀 조심하면 돼 그치?' 하며 스스로에게 말을 걸 때가 있다. 그런 말을 걸 때마다 자신에게 엄격해지지 못하는 자신이 미울 때가 있다. 왜 나는 나에게 엄격해질 수 없는 걸까? 이대로 가면 나는 돌이킬 수 없는 실수와 잘못을 저질렀을 때도 그럴 수도 있지 뭐라는 마인드를 가지며 자기 합리화를 할 것이 분명했다.

언젠가였던 엄마의 '넌 참 속 편하게 산다'라는 말이 칭찬이 아니라 내 꿈을 방해할 장애물이라는 사실을 깨닫게 된 것도 이때쯤이었다. 그러기에 정말로 잘못되기 전에 저지르지 말아야 할 실수를 저지르기 전에 나는 나에게 엄격해져야겠다고 다짐했다.

제 4장
논어
주변
경영인에게
직접
묻다!

위즈강(于志剛)

　　위즈강, 산둥 연희당 의약체인유한공사 회장. 2009년 10월 1일 기존 웨이하이옌희당, 위해천복의약품계열, 위해금풍의약품계열, 웨이하이화진당의약품계열이 손을 잡고 산둥옌시당의약회사로 합병됐다. 위즈강은 회사의 회장으로 취임하여 산둥 연희당을 계속 해서 키워 나갔다. 산둥연희당은 2012년 내가 거주하고 있는 옌타이와 웨이하이 지역에서 약 205개 점포를 오픈하였으며, 산동성 전 지역에는 대략 700개의 점포를 소유하고 있다. 2012년에는 중국 프랜차이즈 약국 100위 차트에 25위로 진입했다.

　　논어와 경영 지금까지는 나의 생각만으로 유명 경영인과 논어를 연관지어 왔다. 그러나 실제로 논어가 경영인들에게 영향을 끼쳤을지 궁금해졌다. 그래서 나는 내가 지금 살고 있는 지역 웨이하이에서 가장 성공한 경영인이자 우리 동네 옆집 아저씨이기도 한 의약 프렌차이즈 산업 연희당의 회장님께 직접 논어에 대한 생각을 물어보았다. 위회장님께서 회사 일로 너무 바쁜 나머지 웨이신으로 인터뷰를 진행하였다.

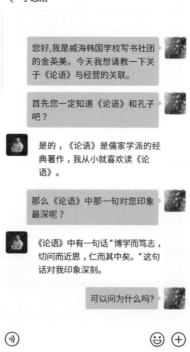

1. 가장 먼저 묻고 싶은 것은 논어와 공자에 대해서 아십니까?

⋯ 네, 논어는 유가학파의 고전으로 저는 어렸을 때부터 논어를 즐겨 읽었습니다.

2. 그렇다면 가장 인상이 깊었던 논어 구절이 어떤 것입니까?

⋯ '논어'에는 "박학하고 독실하며, 절문하고 가까이 생각하여, 그 속에 들어 있다."라는 말이 있습니다. 이 구절이 저에게 매우 인상적이었습니다.

3. 왜인지 물어보아도 괜찮겠습니까?

⋯ '박학(學)'만 있고, 겸허하게 다른 사람을 가르침을 청하고, 열심히 배우고, 지식을 늘리고 싶습니다. 그리고 사회에 필요한 부분을 인지하고 고객에게 환원하고 있습니다.

可以问为什么吗？

我想只有"博学"，虚心请教他人，认真学习，增强知识。才能感知社会，回馈于民。

将这种想法也引入经营哲学中了吗？

我们燕喜堂 2009 年创建至今有 20 年了。是一家集零售连锁和批发配送于一体的多元化医药企业。我们连锁店有 700 多家，3000 多员工。。我们企业的座右铭是：
天道勤
酬，厚德载物。
企业发展当中遇到很多困难。只有勤于学习"博学"才能张志。"切问而近思"，时常思考问题，放眼未来。企业才能发展壮大。带动社会经济发展。以仁厚的心回馈社会。

4. 이러한 생각을 경영철학에도 도입하셨습니까?

⋯ 저희 연희당은 2009년에 창건된 지 20년이 되었습니다. 소매체인과 도매배송을 모두 합친 다원적 의약업체입니다. 저희 체인점은 700여 개. 3000여 명의 직원이 있습니다. 저희 기업이 이렇게 성장한 것은 모두 앞서 말한 부분이 경영 철학에 들어가서라고 생각합니다.

5. 이렇게 큰 성공을 거둔 경영 비결은 무엇입니까?

⋯ 앞에서 제가 말씀드렸듯이, 우리 기업의 모토는 하늘을 우러러 일을 열심히 하고, 덕을 많이 베풀자입니다. 기업 성공의 가장 근본적인 비적은 '성실함과 인덕을 갖추는 것'이라고 생각합니다.

< 于志刚   ⋯

么？

前面我说过，我们企业的座右铭是：天道勤酬，厚德载物。我认为企业成功的最根本的秘籍是：诚信与仁德。

您认为自己的思想观点和孔子有相似之处吗？

《论语》中强调"仁义礼智信"，我感同身受，大家都诚信，礼仪。国泰民安，社会和谐才能发展。

您认为《论语》和《经营》这两者之间有契合点吗？

仔细研读《论语》不仅能感受到其中包"仁义礼智信"，传统儒家思想也能够感受到关于信用，公平，消费，藏富于民等与现代经济有着密切的联系理论。

6. 자신이 공자와 비슷한 점이 있다고 생각하시나요?

⋯➔ '논어'에서는 '인의예지신'을 강조하는데, 저 역시 이 부분에 동감합니다. 모두가 성실하고 예의를 알아야 합니다. 나라와 국민이 안정해야 사회가 화합해야 발전할 수 있다고 생각합니다.

7. 논어와 경영 이 둘 사이에 접점이 있다고 생각하시나요?

⋯➔ 논어를 자세히 들여다보면 인의예지신뿐만 아니라 전통 유가사상에서도 신용, 공평, 소비, 군자와 소인 등 현대경제와 밀접한 연관이 있다는 느낄 수 있습니다.

愿您也能够思考对人口储备，公平，消费，藏富于民等与现代经济有着密切的联系理论。

회원님이 메시지를 취소했습니다 재편집

什么是好的经营？

 我认为经营企业不能只追求利润，在追求利润的同时，诚信服务与他人。企业才能长久发展壮大。

最后请您对梦想学习经营的学生通过读《论语》将得到什么样的启发给个建议可以吗？

《论语》中强调的是"仁"，"仁"的表现对父母为孝，对朋友为信，对国家为忠。仁和义是道德最高准则，希望你们在今后的学习当中做好自己，服务于民。为建设和平和谐的社会做出积极的贡献！

9. 좋은 경영이란 어떤 경영입니까?

⋯⟩ 기업 경영은 이윤만을 추구할 것이 아니라 이윤을 추구하는 동시에 고객님들에게 서비스와 높은 질의 상품을 성실하게 대우한다고 생각합니다. 이렇게 하면 기업이 오래도록 성장 할 수 있다고 생각합니다.

10. 마지막으로 이 책을 읽고 있는 경영을 공부하는 것을 꿈꾸는 사람들에게 한마디해 주세요.

⋯⟩ 논어에서 강조하는 것은 '인', '인'의 표현은 부모에게는 '효', 친구에게는 '믿음', 나라에는 '충성'입니다. 인과 의는 도덕이 가장 중요시하는 철칙이며, 앞으로의 공부에서 여러분 자신을 잘 관리하고, 사람들에게 봉사하는 일을 하길 바랍니다. 평화롭고 조화로운 사회를 건설하는데 긍정적인 기여를 하시기

를 바랍니다.

바쁘신 와중에도 성심성의껏 대답해 주시고 책을 쓴다고 말씀을 드렸을 때 자신도 논어를 좋아한다면서 은쾌히 허락해 주신 위회장님께 정말 감사했다. 공자의 유교 정신은 자신의 한의사업의 바탕이 되었다고도 말씀해 주셨다. 앞으로도 많은 젊은 리더들이 유교 정신을 가슴속에 새기고 사회에 이바지할 수 있기를 바란다는 말씀이 아주 인상에 깊었다.

끝내는 말

　이번 책은 나에게는 정말 두 번은 다시 없을 기회라고 생각했다. 경영인들의 필독서로 관심을 가지고 있었던 논어에 대해 아주 자세히 알게 되었고 현대의 성공한 리더들을 살펴보면서 그들과 공자의 공통점을 발견해 낼 때마다 왠지 모를 소름이 돋았다. 논어를 통해 나의 꿈에 대해 더욱 이해하게 된 것은 물론이고 나 스스로에 대한 자아성찰도 많이 할 수 있도록 도와주었다.

　책을 완성하는 데 도움을 준 사람들을 통해 공자께서 강조하신 이웃의 중요성에 대해서도 다시 생각하게 되었다. 나의 꿈에 더욱 확신을 가지게 해 준 이번 활동이 정말 잊지 못할 것이라는 확신이 들었다. 만약 자신의 진로에 대해 고민을 하고 있다면 글을 한번 써보는 것을 추천한다.

　경영인이 되고 싶은 나에게 논어는 일종의 지침서였고 조언자였다. 과연 미래의 내가 공자께서 말씀하신 군자가 될 수 있을지는 모르지만 그의 말씀을 마음속에 새기고 현재 성공한 리더들의 행동을 따라 몸이 움직여 준다면 나 역시 훌륭한 군자가 될 수 있다고 생각한다.

　논어를 통해 깨달은 경영인이 갖추어야 할 자질에 대하여 나만의 생각을 덧붙여 한 자 한 자 쓸 때마다 과연 내가 꿈꾼 이상적인 리더란 어떤 사람일까? 라는 생각을 많이 하였고, 앞으로 그런 리더가 되기 위해서는 어떤 노력을 해야 할지 오랜 시간에 걸쳐 고민을 했다. 이 고민에 내가 내린 결론은 이 책에 나온 성공한 유명 경영인과 공자처럼 배우고 변화하고 꾸준하고 노력하는 사람이 되자였다. 비록 아직은 아주 많이 부족하지만 책쓰기를 통해서 더욱 내 생각을 확고하게 할 수 있었다.

공자와
함께하는
교육 이야기

박정민

목차

들어가며

저의 꿈은…

공자 선생님 도와주세요!

제자와 나

글을 마치며

● 박정민 프로필(교사를 꿈꾸는 중국 웨이하이한국학교 12학년)

박정민은 朴 바를 正正 옥돌 민珉이다. 항상 어디에 가든지 정직하고 바르게 살고 빛이 나라는 의미로 부모님께서 지어주셨다. 지루한 사람이 되는 것 같아 이름을 좋아하지는 않았지만, 책을 쓰며 더 빛이 나는 사람이 되어야겠다고 다짐하며 이름에 대한 생각이 달라졌다. 한국에서 초등학교 3학년을 마치고, 부모님을 따라 중국 웨이하이에 오게 되었다. 중국에서 처음 다니게 된 학교는 한국국제학교였고, 고등학교 1학년이 되면서부터 웨이하이 한국학교를 다니게 되었다. 한국학교에서 새로운 선생님들을 보며 교육에 대한 꿈을 키워나갔다. 그렇게 2학년이 되어서는 책 쓰기 방과 후 수업과 논어 캠프를 통해 논어와 공자에 더 다가갈 수 있었고, 교육과 공자에 관한 자신만의 책을 쓰게 되었다. 책을 쓰며 더 교육에 관심을 가지게 되었고, 현재 훌륭한 교사가 되는 것을 목표로 하고 있다.

들어가며

    나는 이 책을 쓰기 전까지는 논어, 그리고 공자에 대해서는 아무것도 몰랐었다. 그저 공자라고 하는 사람이 아주 오래 전에 살던 중국 사람이었고, 자신의 사상을 알리는 사람이라는 것밖에 모르고 있었다. 공자에 대해 자세히 몰랐었던 만큼 중국의 역사에 대해서도 그리 잘 알고 있었던 것은 아니었다. 그랬던 내가 직접 논어를 읽고 책까지 쓰게 되니 아직도 조금은 어리둥절하고 신기하다. 물론 책을 쓰게 되었다고 해서 논어 속 공자가 한 말들을 모두 완벽히 이해하고 직접 해석까지 할 수 있는 것은 아니지만, 이렇게 책 쓰기를 통해 한 발자국이라도 가까워지게 된 것 같아서 나에게 많은 의미가 생기게 된 것 같다. 나는 내 이야기를 책으로 쓰면서 중국에 처음 왔던 때를 다시 돌아볼 수 있었고, 내 꿈을 향한 길을 찾을 수 있었다. 교육자가 되는 것이 꿈인 나에게 공자는 아무 생각 없이 미래를 맞이할 뻔한 나를 확 정신이 들게 해 주었다. 내가 눈을 뜰 수 있게 해 준 논어로 나는 이 책을 고민 많은 학생이 공자 선생님께 조언을 구하고 선생님의 옛날이야기도 듣는 대화 형식으로 써 나아갔다. 친구들과 함께 서툴러도 조금씩 글쓰기를 시작하고, 책을 써보게 되니 새로운 추억이 생겼고, 책을 쓰던 나의 학창시절, 그리고 논어는 절대 잊지 못할 것 같다.

1장
저의
꿈은…

공자와의 첫 만남

정민

선생님, 안녕하세요. 저는 이번에 선생님의 책, 논어를 처음 접한 중국에 사는 학생, 박정민이라고 해요. 저는 중국에 4학년 때 처음 오게 되었고, 어느덧 벌써 고등학생이 되어서 선생님의 책을 읽어 보게 되었어요. 사실 책을 처음 읽었을 땐 한자가 보여서 재미없을 거라고 생각했어요. 그래서 몇 장 읽고 두 번 다시 펼쳐 볼 일이 없을 줄 알았어요. 그런데 제가 선생님의 책을 읽고 친구들과 선생님과 함께 각자의 꿈 이야기로 책을 쓰게 되었어요! 하지만 논어와 책 쓰기 모두 처음인 만큼 선생님의 도움과 조언을 구하고자 이렇게 찾아왔어요!

공자

잘 찾아왔구나. 내가 도와줄 수 있는 만큼 열심히 도와주도록 할게. 무엇이든 논어를 통해서라면 좋은 답을 얻을 수 있을 거야. 정민아, 너의 꿈은 무엇인지 물어봐도 될까?

나의 꿈

정민

제 꿈은 최고의 교육을 하는 교육자가 되는 것이에요! 학교를 다니면서 정말 많은 선생님을 만나면서 학생들을 가르치는 것이 너무 멋있다는 생각이 들었어요. 그렇게 조금씩 교사라는 직업에 흥미를 갖게 되었고, 지금 훌륭한 교육자가 되는 것을 제 꿈으로 결정했어요. 논어를 읽으면서 선생님이 수많은 제자들을 가르쳤다는 것을 보고 선생님이 너무 대단하다고 느꼈어요. 그래서 선생님이라면 저에게 좋은 조언을 해 주실 수 있을 것이라고 생각해요.

공자

너도 나처럼 교육자가 되는 것이 꿈인가 보구나. 그래, 선생님이 제자들을 가르치면서 했던 말 중에는 교육과 관련된 이야기가 참 많을 거야. 한 번씩 읽어 보면 분명 너에게 큰 도움이 될 것이란다. 교육자에 대한 꿈은 어쩌다 갖게 되었니?

꿈을 찾은 이야기

정민

저는 4살에 만났던 저의 생애 첫 선생님을 계속 기억하고 있어요. 제가 태어나서 처음으로 뵌 선생님이신 만큼 인상이 가장 기억에 남더라고요. 낯선 환경에 처음으로 새 친구를 만들어야 하는 저에게 잘 적응할 수 있게 용기를 주셨어요. 덕분에 유치원을 가는 것이 재미있었고, 친구들을 많이 사귈 수 있었어요. 이렇게 아직도 첫 선생님을 기억하고 있는 만큼 선생님이라는 직업이 좋아졌고, 학교에 다니면서 막힘없이 술술 학생들을 가르치는 선생님들을 보면서 '교사'라는 직업이 너무 멋있어 보였어요. 그래서 지금 '훌륭한 교육자'가 되는 것이 저의 꿈이에요.

공자

정말 좋은 선생님들을 만났나 보구나. 내가 생각하기에 교사가 되기 위해서는 정말 많은 노력을 해야 해. 교육이 학생들에게 가장 큰 영향을 미치는 만큼 교육자가 지녀야 할 태도에 대해서는 정민이는 잘 알고 있니?

정민

그저 아이들을 사랑하고 지식을 잘 가르쳐 주면 되지 않을까요? 이렇게 돌이켜보니 꿈만 키우고 정작 제대로 된 준비는 안했었던 것 같네요…….

공자

　괜찮아. 지금부터라도 나와 함께 논어를 읽으면서 교육자의 자질에 대해서 한 번 배워보자. 분명 지금 이런 너의 노력이 언젠가는 꼭 빛을 발할 거야. 네가 훌륭한 교육자가 될 수 있게 나도 옆에서 열심히 응원하고 도울게. 언제든지 궁금한 게 있으면 망설이지 말고 물어보렴.

공자 선생님을 처음 뵌 날!

　　논어의 주인공, 공자 선생님을 오늘 처음 뵙고 왔다. 공자 선생님의 첫 인상은 조금 무서웠다. 요즘 사람들하고 다른 옷차림을 하고 계셔서 그런가? 그래도 처음 만난 나를 상냥하게 대해 주셔서 겁먹지 않고 하고 싶었던 이야기를 할 수 있었다. 역시 수많은 제자를 이끌었던 공자 선생님은 말하지 않아도 아주 노련한 스승의 자태가 뿜어져 나오는 것 같았다.

　　선생님을 뵙기 전에 지루할 것이라고 예상했던 논어를 읽다 나도 모르게 점점 책 속으로 빠져들었다. 논어를 전부 읽고 나니 교육이 더 좋아졌다. 그래서 교육이 더 궁금해졌다. 옛날 사람, 교육을 사랑한 사람, 자신의 사상을 오늘날까지도 널리 알린 사람인 공자 선생님께 꼭 내 고민을 털어놓고 교육에 관한 많은 것을 배우고 싶다. 사실 교육자가 되는 것을 꿈꾸기만 했지 지금까지 한 것이라곤 아무것도 없는 듯하다. 선생님과 이야기할 수 있는 아주 소중한 기회를 얻은 만큼 다음번에 뵈러 갈 때에는 궁금했던 것들을 꼭 전부 여쭤보고 와야지. 벌써부터 다음 이야기가 기대되고 설레서 쉽게 잠에 들지 못할 것 같다.

제 2장

공자
선생님
도와주세요!

관심이 가는 교육

공자

어서 와, 정민아. 어젯밤에 나와 무슨 이야기를 나누고 싶었는지 잘 생각해 봤니? 차근차근 시작해 보자. 자, 그럼 우리 어디 한 번 같이 논어를 읽어 볼까? 질문은 마음껏 해도 좋아.

정민

선생님의 제자들이 선생님의 말씀을 써 놓은 책, 논어를 읽어 보니 교육과 정말 많은 관련이 있더라고요. 저는 오래 전부터 아이들을 좋아했고, 다른 사람들에게 제가 알고 있는 것을 가르쳐 주는 것이 꽤나 흥미롭다고 느꼈어요. 그래서 저는 교육에 자연스럽게 흥미가 생기게 되었지요. 하루에 부모님보다도 더 오랜 시간을 함께하는 선생님들을 보면서, '내가 만약 선생님이 된다면, 내가 다른 사람들을 가르친다면 나는 어떤 모습일까, 어떻게 해야 할까?' 하는 생각을 했던 적이 자주 있었어요. 그렇게 고민을 해 오던 중에 저는 논어책을 접하게 되었고, 논어 속 선생님의 교육을 통해 조언을 구하고 싶어서 이렇게 찾아뵙게 되었어요. 저 좀 도와주세요!

공자의 가르침과 배움

공자

논어에 기록된 내가 했던 말을 한 번 같이 살펴보자. 나의 교육이야기를 해 줄 테니 들어보고 너의 이야기를 해 주렴. 선생님은 교육에서 아래 세 가지 기본을 추구한단다.

子曰; "述而不作, 信而好古, 竊比於我老彭." (술이편 1장)
공자께서 말씀하셨다.

"묵묵히 그것을 마음에 새기고, 배우는 데 싫증 내지 않고, 남을 가르치는 데 게 을리하지 않는 것, 내가 이 세 가지를 행하는 데 무슨 어려움이 있겠는가?"

나는 항상 학문 연마를 게을리하지 않았단다. 또 제자들을 가르칠 때에 는 최선을 다해 임하였고, 내가 알고 있는 지식을 잘 전달해 주는 것이 최 선이라고 생각했지. 또한 교육자의 모습으로 나는 항상 평등한 교육 기회 를 제공하는 것을 매우 중시했단다. 배우는 자세와 가르치는 자세를 항상 게을리하지 않도록 했고, 교육자로서 최고의 모습을 항상 보여 주었지.

정민

오, 그러고 보니 선생님께서 제자들에게 최고의 모습을 보여 준 것처럼 제가 지금까지 만났던 많은 선생님들도 마찬가지였 던 것 같아요. 많은 분들이 학생이 배우고 싶어 하는 것이 있을 때 절대 게 을리하지 않으셨고 항상 최선을 다하는 모습만 보여 주셨어요. 다들 제각각의 방법으로 학생들을 가르치셨는데, 논어를 읽고 나니 지금까지 절 가르쳐 주셨던 선생님들께서 공자 선생님과 닮은 부분이 참 많은 것 같아요!

공자
그렇지? 모든 선생님들은 언제나 최선을 다하신단다. 이 구절을 한번 읽어 보렴.

子曰;"志於道, 據於德, 依於仁, 遊於藝."(술이편 6장)
공자께서 말씀하셨다.
"도에 뜻을 두고, 덕에 근거하며, 인에 의거하고, 예에 노닌다."

나는 지식 교육뿐만 아니라 전인교육에도 많은 힘을 썼단다. 사람이 살아가면서 도와 덕과 인과 예는 꼭 지켜야 한다고 생각했고, 그래서 제자들에게도 이런 내 생각을 말해 주고는 했지. 위에 말한 것들은 모두 사람이 살아가면서 지켜야 할 당위의 것이란다. 이 구절 말고도 비슷한 의미를 가진 구절들이 꽤 등장할 거야. 그만큼 나는 도, 덕, 인, 예를 매우 중시했고, 제자들에게 꼭 가르치려 했었단다.

정민
선생님께서 말씀하신 전인교육이 뭔지 알 것도 같아요. 오늘날 학교에서 수업시간에 다루는 것들은 지식교육을 위한 것이지만, 수업하는 동안 학생들이 스스로 대인관계를 향상시키거나 자신의 가치관이나 흥미를 찾아갈 수 있도록 하잖아요. 저도 처음 중국에 오고 전혀 적응하지 못했을 때 학교를 다니고부터 새로운 친구들과 수업을 하면서 조금씩 적응할 수 있었어요. 사실 저는 정말 소심한 성격이었는데 새 학교를 다니면서부터 조금은 활발해진 성격으로 바뀔 수 있었어요!

子曰；"不憤不啓, 不悱不發. 擧一隅不以三隅反則不復也."(술이편 8장)

공자께서 말씀하셨다.

"배울 때 분발하지 않으면 열어주지 않고, 애태우지 않으면 발휘하도록 말해 주지 않는다. 한 귀퉁이를 들어 보였을 때 다른 세 귀퉁이로써 반응하지 않으면 더 이상 반복해서 가르치지 않는다."

공자

활발해진 성격은 마음에 드는 것 같구나! 그렇지만 정민아, 배우면서 무언가를 깨우쳤을 때 너의 노력이 없다면 전부 물거품이 되어 버린단다. 나는 교육자가 자신의 지식을 일방적으로 전달하는 것이 아니라 제자들이 자신의 부족함을 깨닫고 발전할 수 있게 스스로 배움에 참여하도록 하는 교육을 추구한단다. 요즘에는 이런 걸 자기주도 학습이라고 하던가?

정민

네, 맞아요. 다른 나라에 있는 학교들은 어떤지 모르지만, 한국에 있는 학교에서는 학생들이 주도적으로 자신에게 맞는 공부법을 찾아 공부할 수 있도록 방과 후에 자기주도 학습 시간을 갖도록 해요. 어른들이 무작정 할 일을 정해 주어서 하는 것이 아니라, 스스로가 부족한 것을 찾아 보고 발전하는 방법을 찾아가며 공부할 수 있도록 길을 안내해 주는 교육이죠. 선생님도 이것처럼 비슷한 생각을 가지고 제자들을 가르치셨던 거죠?

선생님 제자 중에 가장 많은 예쁨을 받았던 어린 제자 안회에 대한 이야기를 들어본 적이 있어요. 안회는 '문일지십 聞一知十', 즉 하나를 알면 열을 아는 제자였다고 하던데요? 평등한 교육의 기회를 중시하시는 선생님께서 안회를 특히 예뻐했던 것을 보면 안회는 배울 때 분발하며 선생님께서 추구하시던 교육을 잘 따랐기 때문인가 봐요.

지금 제가 다니고 있는 웨이하이한국학교에서도 자기주도 학습을 하고 있어요. 자기주도 학습을 통해서 학생들이 조금씩 스스로 학습법을 찾을 수 있게 많은 도움을 받았다고 생각해요. 그래서 주변 친구들만 보아도 그 시간에 숙제만 하는 것이 아니라, 스스로 필요한 학습을 하면서 자신에게 맞는 공부를 하더라고요. 저도 이렇게 스스로에게 필요한 학습을 열심히 찾고, 발전할 수 있게 되는 것이 정말 좋은 방법이라고 생각했어요. 그래서 공자 선생님의 교육처럼 오늘날 더 많은 학생들이 주도적으로 학습할 수 있는 방법을 찾을 수 있도록 하는 것이 옳다고 생각해요.

공자

그래 맞아. 나와 비슷한 생각을 가지고 있구나. 혹시 논어를 읽어 보면서 교육에 관해 더 궁금했던 건 없었니?

정민

음……. 선생님, 앞으로 제가 교육자가 된다면 올바른 교육을 어떻게 하면 좋을까요? 교육에도 많은 분야가 있는 만큼 올바른 교육이 무엇인지 궁금해요.

공자

이 구절을 한번 읽어 볼래?

子曰: "有教無類." (위령공편 38장)
공자께서 말씀하셨다.
"가르칠 때는 차별이 없어야 한다."

올바른 교육이라 하면 우선 모두에게 공평해야 한다고 생각해. 나는 제자를 둘 때에 빈부, 귀천, 출신, 나이 등에 어떠한 차별도 두지 않았단다.

그래서 귀족 출신인 제자가 거의 없었고, 제자들에게 차별 없이 공평한 가르침을 주었지. 그래서 더 많은 제자들을 가르치고, 더 공평한 교육을 할 수 있었어.

정민

선생님께서 학생을 가르칠 때에 차별을 두지 않았다는 것은 오늘날 우리 사회에서도 꼭 필요한 것 같아요. 최근에 알게 되었는데 한국에서는 생각보다 꽤 많은 학생들이 일부러 특별한 교육을 받는 등 돈이 많아야만 받을 수 있는 교육이 있더라고요. 이런 이야기를 다룬 드라마 '스카이캐슬'은 너무나도 한국의 교육이 어떤지를 잘 보여 주는 듯한 느낌을 받았어요.

드라마에서는 부자만 사는 동네에 전교 1등을 하는 학생이 거액의 교육비를 내고 특별한 과외를 받는 이야기를 담고 있어요. 이 드라마는 엄청난 인기를 끌었는데 제작 의도와는 다르게 몇몇 사람들은 좋은 과외를 알게 되어 다행이라고 하는 등 의외의 반응을 보였어요. 저는 이런 반응을 보면서 정말 우리나라 교육이 전혀 공평하지 않다는 것을 심각하게 느낄 수 있었어요. 선생님 말씀처럼 차별 없는 교육이 이루어질 수 있도록 사람들의 노력으로 앞으로는 이런 특별한 교육이 없어져야 한다고 생각해요.

출처 : http://tv.jtbc.joins.com/photo/pr10010969/pm10050297/detail/12835

공자

　아이고, 오히려 역효과를 불러일으키게 되었구나. 하루 빨리 차별 없는 교육이 이루어져야 할 텐데……. 너의 노력으로 미래에는 좋은 교육이 생기면 좋겠구나.

정민

　아, 선생님께서 가르치셨던 제자 중에 자로 이야기도 궁금해요. 제자들은 어땠고, 선생님께서는 그런 수많은 제자들을 어떻게 그렇게 잘 가르치셨나요?

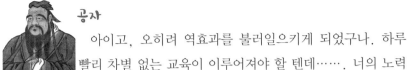

공자

　그래, 많은 제자 중에 자존심이 강한 자로라는 친구가 있었어. 자로는 자신보다 어린 안회가 유독 나의 예쁨을 받는 것 같다고 느끼고는 나에게 이렇게 질문을 하면서 자신을 드러내려 했지.

子謂顔淵曰；"用之則行, 舍之則藏, 惟我與爾有是夫" 子路曰 "子行三軍, 則誰與" 子曰 "暴虎馮河, 死而無悔者, 吾不與也. 必也臨事而懼, 好謀而成者也."(술이편 10장)
자로가 여쭈었다.
"선생님께서 3군을 거느리신다면 누구와 함께하시겠습니까?"
공자께서 말씀하셨다.
"맨손으로 호랑이를 잡으려 하고 맨몸으로 강물을 건너려다 죽어도 후회하지 않을 사람이라면, 나는 그런 사람과 함께하지 않을 것이다. 내가 함께할 자는 반드시 일에 임해서는 두려워할 줄 알고 계획을 잘 세워 성공하는 그런 사람이다."

　자로가 했던 질문에 저렇게 답을 한 건 나는 자로를 매우 위했기 때문이지. 자로가 지나치게 용감하고 우직해서 자기 자존심만을 강하게 내세우는 것이 아니라, 모든 일에 계획을 잘 세우고, 신중하게 임하길 바랐단다. 그래서 나는 자로의 단점을 먼저 지적했지만, 자로가 바르게 나아가길 원하는 방향으로 자로의 인격 형성에 도움을 주려 했던 것이지. 나는 제자의 잘못과 단점을 지적해 주면서 보충해야 할 방향을 함께 제시해 주며 제자들을 무척 배려하고 위했단다.

공자의 제자, 자로
(중유라고도 불린다.)

정민

선생님께서 자로에게 지적을 하면서 자로의 인격 형성까지 도움을 준 것을 보고 저도 저를 가르쳐 주셨던 선생님들이 많이 생각나요. 부모님처럼 주저하지 않고 제가 잘못한 것이 있으면 제가 바른 사람으로 자랄 수 있도록 지적해 주셨고, 그것이 지금 저에게는 정말 큰 도움이 되었어요. 저의 내면의 잘못된 부분까지 바로잡으려고 하셨던 선생님은 그리 많지 않았지만, 몇몇 선생님들께서는 제가 너무 소심하고, 행동이 느리면 바로바로 지적해 주셨고, 저는 그렇게 조금씩 고쳐나가려고 많이 노력을 할 수 있었어요. 그래서 지금 발전한 제가 있을 수 있게 된 것 같다는 생각이 들어요.

하지만요, 선생님. 제 생각에는 학생들을 지적을 할 때에도 조심해야 할 것 같아요. 사실 선생님께서 자로에게 단호하게 말씀하신 것 보고 저는 조금 걱정됐어요. 사실 저 같은 경우는 조금 소심해서 누군가가 저에게 뭐라고 하면 마음속에 담아두고 조금 오래 상처를 받기도 하거든요. 그래서 매번 단호하게 말하기보다는 가끔이라도 돌려서 말하는 것이 좋지 않을까요? 제 생각에는 처음 지적을 하고 바로잡아 줄 때에는 무작정 혼내기 보다는 상냥하게 잘 알아들을 수 있게 말하는 것이 옳다고 생각해요. 그런 다음에도 고쳐지지 않고, 똑같다면 그때는 단호하게 혼을 내서라도 지적해 주는 방법이 옳은 것 같아요.

공자

　　너의 내면을 바로잡아 주셨던 선생님들을 보니 정민이가 곁에 정말 좋은 선생님들을 두었나 보구나! 그래 정민이의 말을 듣고 보니 갑자기 자로가 상처받았을지도 모른다는 생각에 조금 걱정되는 걸? 태어나면서부터 모든 걸 알고 있는 사람은 없는 법이지. 그래서 누구든 조금씩 배우면서 발전해 나가는 거지. 나도 이번에는 조금 후회가 되네? 이번에는 정민이의 이야기를 듣고 보니 때에 따라 혼을 내는 방법을 바꿔야겠구나. 자, 그럼 이제 여기 구절을 한번 읽어 볼래?

　　子曰; "我非生而知之者, 好古, 敏以求之者也."(술이편 19장)
　　공자께서 말씀하셨다.
　　"나는 태어나면서부터 세상의 이치를 아는 사람이 아니라, 옛것을 좋아하고 부지런히 아는 것을 추구한 사람이다."

　　이걸 계씨 9장과 비교해서 읽어 보렴. 선생님은 '아는 사람'의 등급을 세 단계로 나누었단다.

　　孔子曰: "生而知之者上也, 學而知之者次也, 困而學之又其次也, 困而不學民斯爲下矣."(계씨편 9장)
　　공자께서 말씀하셨다.
　　"태어나면서부터 아는 사람은 상급이고, 배워서 아는 사람은 그 다음 등급이며, 곤란을 겪고 나서 배우는 사람은 또 그다음이며, 곤란을 겪고 나서도 배우지 않는 사람은 백성들이 바로 그런 자들인데 이들은 하급이다."

　　세 단계에는 상급, 중급, 하급이 있어. 하지만 그중에서도 나는 상급이 아니란다. 단지 옛것을 배우기를 부지런히 하고 좋아하는 사람이지. 여러 제자를 둔 공자더라도 부족함이 있기 마련이지. 나는 스스로 배우기를 좋아하며 부지런히 해서 지금에서야 아는 것이 많은 사람이 되었단다. 나도 정민이처럼 부족한 것들이 턱없이 많았지만, 배움을 부지런히 하면서 조금씩 깨우쳐 나간 거야.

정민

공자 선생님! 제 생각엔 이게 정말 교사가 지녀야 할 태도인 것 같아요. 아무리 남들을 가르치는 입장이라도 자만해서는 안 되고, 언제나 스스로를 발전시키기 위해 노력해야 한다고 생각해요. 그래서 만약 제가 교사가 된다면, 절대 자만하지 않고 늘 제가 항상 부족하다고 생각하고 저를 발전시키기 위해 많이 노력해야겠다고 다짐할게요!

선생님, 저 여쭤보고 싶은 게 또 있어요! 혹시 선생님께서도 특별하게 중요하다고 여기셨던 것이 있었나요?

공자

그럼 당연히 있었지. 나는 '배움'에 있어서 아주 중요한 의미가 있었단다. 이 구절을 같이 읽어 볼까?

子曰: "君子不重則不威, 學則不固. 主忠信, 無友不如己者, 過則勿憚改."(학이편 8장)
공자께서 말씀하셨다.
"군자가 진중하지 않으면 위엄이 없고, 배워도 견고하지 못하다. 충심과 신의를 주로 하고 자기보다 못한 자를 벗하지 말며 잘못이 있으면 고치는 것을 꺼리지 말아야 한다."

이 구절에서 자기보다 못한 자를 벗하지 말라는 말이 오해의 소지가 있을 수 있어. 하지만 이것은 《설원》의 〈잡언〉 편 속에 "공자가 떠난 후에 상은 날로 학문이 늘었고, 사는 나날이 학문이 줄었다."라는 말에서 나온 거야. 상은 자신보다 뛰어난 사람과 어울리는 것을 좋아했고, 반면에 사는 놀기를 좋아하며 자기보다 못한 사람을 좋아했기 때문이지. 자신의 노력과 능력을 주변의 영향으로 하락시키는 것이 아니라, 곁에 자신보다 나은 사람을 두어 자신을 향상시키는 것을 추구한다고 할 수 있지.

정민

아하, 선생님 왠지 이 구절을 읽고 나니 친구 따라 강남 간다는 말이 생각나요. 사실 저는 이 말을 직접 경험을 해 봤었기 때문에 정말 옆에 어떤 친구를 두는지가 중요하다고 생각해요. 제가 중국에 처음 왔을 때 공부를 열심히 할 줄 아는 친구가 제 첫 학교생활을 도와주었어요., 그래서 그 친구를 보면서 저도 그 친구를 보면서 공부를 열심히 하고 싶다는 생각이 자연스럽게 들었어요.

하지만 선생님, 제 생각에는 꼭 부족한 친구를 멀리할 필요는 없다고 생각해요. 사실 저도 예전에는 선생님과 비슷한 생각을 가지고 있었어요. 친구를 잘 두어야 제가 발전할 수 있다고 생각했어요. 그런데 최근에 친구와 대화를 할 때 갑자기 뒤통수를 망치로 세게 얻어맞은 듯한 느낌을 받았던 적이 있었어요. 함께 무언가를 해야 하던 때였어요. 제가 더 잘하는 줄 알았는데 오히려 그 친구는 제가 생각지도 못했던 전혀 다른 길을 알고 있더라고요. 조금 충격이었어요. 물론 나를 아래로 끌어내리는 친구는 멀리해야 하지만 분명 모든 사람이 나 자신보다 잘하는 것이 있을 것이라고 생각해요. 그게 뭐가 되었든지 말이에요. 그래서 꼭 나보다 잘난 사람과 가까이 할 필요는 없다고 생각해요.

공자

그래 그것도 맞는 말이구나. 하지만 내 뜻은 굳이 나의 가치를 떨어뜨리는 사람과 가까이 해서 학문을 멀리하게 되어서는 안 된다는 것이었단다. 나보다 공부는 못해도 성격이 좋은지, 손재주가 좋다든지 분명 어디 한 부분이라도 배울 점이 있더라. 역시나 이 구절은 여러모로 오해의 소지가 있어. 그래도 내가 말하고자 했던 것은 무엇인지 알지?

정민

네, 알고 있어요. 배움에 있어서도 공평함을 추구하는 선생님께서 친구를 가려 사귀라고 하신 건 아니라는 걸 알아요.

공자 선생님, 저 궁금한 거 또 있어요. 선생님은 선생님의 가르침과 뜻을 제자들과 주변에 널리 알리려고 하는 우리 모두가 아는 사상가이시고, 또 여러 사람들이 따르는 군자, 스승이시잖아요. 이렇게나 많은 사람들로부터 존경 받고, 제자들을 이끌었던 선생님이 생각하시는 스승의 자격은 무엇인지 여쭤 봐도 될까요?

공자

자격이라……. 글쎄, 자격과 관련된 이야기가 어디 있더라? 자, 여기 이 구절 한번 읽어 볼래?

子曰; "溫故而知新, 可以爲師矣."(위정편 11장)
공자께서 말씀하셨다.
"옛것을 익히고 새것을 알면 스승이라고 할 수 있다."

나는 단순히 암기를 통해서 얻은 배움을 가지고 있는 사람이 아니라 옛것을 이해하고 그것을 바탕으로 새것을 알고 준비할 줄 아는 사람이면 스승이 될 수 있다고 말했지. 사람들이 단순히 자신이 배운 것만 알고 고집하는 것이 아니라 더 넓은 분야까지 넓혀 배우며 끊임없이 노력하고 자신을 계발해야 한다고 생각해. 그렇게 해야 한 사람만이 남을 가르칠 수 있는 위치에 서게 되고, 진정한 스승이 될 수 있지. 아, 이게 바로 '옛것을 익히고 그것을 미루어서 새것을 앎'이라는 뜻을 가진 오늘날 많은 사람들이 알고 있는 한자성어 '온고지신'이 바로 이 구절에서 유래되었단다.

정민

　그거 진짜 맞는 말 같아요! 선생님께서 말씀하신 것처럼 대부분의 선생님들은 배우고 나면 바로 집에 가서 복습하라고 하세요. 저는 집에만 가면 게을러지고 싶은 마음이 커져서 복습을 자주 하려고 하지 않았어요. 하지만 제가 그랬다가 지난번에 정말 큰 코 다친 적이 있었어요. 학교에서만 배웠던 것을 복습하지 않았고, 시험 기간에 벼락치기처럼 시험 공부를 하고는 했었는데……. 결과는 역시나 마음에 들지 않았어요. 그때부터 집에 가면 꼭 배운 내용을 다시 복습하는 습관을 들여야겠다고 다짐하게 되었고, 그렇게 다음 시험에는 좋은 결과를 얻을 수 있었고 앞으로도 끊임없이 배우며 노력해야겠다는 생각을 했어요.

공자

子曰; "學而不思則罔, 思而不學則殆."(위정편 15장)
공자께서 말씀하셨다.
"배우기만 하고 생각하지 않으면 미혹되고, 생각하기만 하고 배우지 않으면 위태롭다."

이전 구절에서 '옛것을 익혀 새것을 알아야 한다'고 했던 것과 이 구절을 함께 비교해 보렴. 나는 배운 것만 익혀두는 것이 아니라 스스로 배운 것에 대해 다시 생각해 보면서 진짜 배움을 자신의 것으로 만드는 것을 정말 중시했단다.

정민

이 구절처럼 저희는 단순히 학교에서 가르쳐 주는 것만 익히는 것이 아니라 응용도 해 보고, 더 알아 보고, 깊이 생각해 보고 계속 반복해서 배움을 익히는 것이 정말 필요하겠네요. 아무래도 이것이 정말 진정한 복습이고 배움이지 않을까 하는 생각이 들어요. 그래도 복습은 여전히 힘든 것 같아요. 사실 요즘 대부분 학생들이 학원을 다니면서 방과 후에는 학원 때문에 자기 공부를 할 시간이 없어요. 그래서 제 주변만 둘러보아도 복습을 꾸준히 하는 친구는 찾기가 힘들어요.

공자

그래 맞아, 반복해서 하는 것이 진정한 배움이란다. 하지만 오늘날 학생들은 학원이라는 것을 다니면서 개인 공부를 할 시간이 부족하다고? 학원에서는 주로 뭘 하는 거지?

정민

음…. 학원은 학교 공부 어려운 것을 도와주는 선생님들이 계신 내신 학원이 있고, 영어나 중국어같이 외국어 공부를 하는 학원도 있고, 학교 수업을 하기 전에 선행 학습을 해 주는 학원도 있죠.

공자

공부를 스스로 하는 것이 아니라 또다시 수업을 들으면서 복습을 한다고? 그건 조금 마음에 안 드는데. 진정한 배움이란 앞서 말한 것과 같이 복습이란다. 학원을 다녀와서도 복습을 한다면 다행이지만, 24시간 안에 모든 복습을 끝내려면 턱없이 부족할 텐데 어쩌면 좋을까? 앞에서 내가 진정한 배움을 말한 것처럼 나는 진정한 앎에 대해 제자 유에게 말해 주었단다.

子曰; "由, 誨女知之乎. 知之爲知之, 不知爲不知, 是知也."(위정편 17
장)

공자께서 말씀하셨다.

"유야, 너에게 안다는 것이 무엇인지 가르쳐 줄까? 어떤 것을 알면 안다고 하고
알지 못하면 알지 못한다고 하는 것, 이것이 진정으로 아는 것이다."

유는 나보다 9세 아래인 제자로 평소에 덤벙대고 큰소리치는 것을 좋아
해 자주 꾸지람을 들었지만, 유의 솔직담백하고 의로운 성격으로 예쁨을
받기도 했어. 나는 솔직한 유의 성격을 좋아했고, 그래서 유에게 솔직함
에 대해 강조했지. 솔직하게 아는 것을 안다고 하지 않고 아는 척을 하는
것은 남의 눈을 속이는 인성이 잘못된, 아주 어리석은 사람만이 하는 짓
이란다. 모르는 것을 모른다고 말하는 것을 부끄러워하지 않고 솔직하고
사실대로 말할 줄 아는 사람만이 진정 현명한 사람이라고 할 수 있지.

정 민

진짜 맞는 말이에요. 요즘 사람들은 강하기만 한 자존심을
치켜세우며 알지 못하는 것을 아는 척하며 남을 속일 필요가
없다고 생각해요. 모르는 것을 모른다고 할 수 있는 사람이
진정 현명한 사람이고, 그렇게 함으로써 알지 못했던 것을 배울 수 있고,
계속해서 스스로를 발전시킬 수 있기 때문이죠. 하지만 아는 척을 반복하
게 되면 알지 못하는 것은 앞으로도 배울 기회가 없을 텐데 평생 알지 못
한 채로 남들의 눈을 속이면서 사는 어리석은 짓을 하는 사람이 될 것이에
요.

공자

子曰 : "學如不及, 猶恐失之."(태백편 17장)
공자께서 말씀하셨다.
"배울 때는 미치지 못할 것처럼 하며, 그것을 잃어 버릴까 두려워하듯이 한다."

그래 맞아. 모르는 것을 솔직하게 말하고 배움을 얻었을 때, 아무것도 노력하지 않고 가만히 있으면 그건 아는 척하는 사람과 다를 바가 없단다.

정민

선생님, 저희는 선생님의 말씀처럼 배울 때 늘 부족하다는 마음을 가지고, 열심히 배워야겠어요. 그리고 열심히 노력해서 얻은 배움을 잃지는 않을까 두려워하면서 계속해서 자신의 것으로 만들도록 노력하도록 해야겠어요. 저희가 열심히 노력해서 얻은 것을 한순간에 게으름, 부족한 노력 때문에 잃는 다면 그 동안의 노력이 다 허무해지고, 스스로가 허무해져서 앞으로 아무것도 하기 싫어질 것이에요. 그러니 저희는 배울 때는 모든 힘을 다하고, 배우고 난 후에는 잃지 않도록 꾸준히 노력해야 한다고 생각해요!

공자

子曰 : "回也非助我者也, 於吾言無所不說."(선진편 3장)
공자께서 말씀하셨다.
"안회는 나를 돕는 자가 아니다. 내가 한 말에 대해 기뻐하지 않는 바가 없구나."

이건 내가 아주 아꼈던 제자 안회에 대한 말이야. 안회는 정말 배우는 것을 게을리하지 않았고, 배우는 것을 가난한 삶 속에서도 꾸준히 하려고 했던 제자였어. 그래서 내가 무척이나 안회를 아꼈지. 안회는 공자를 통해 얻은 배움에 대해 의문을 품지 않았고, 그대로 받아들여 자신의 것으로 만들었어.

정민

음……. 공자 선생님의 수제자 안회처럼 오늘날의 우리도 배움을 나만의 것으로 만들고, 스스로 확장도 해 보면서 더 나은 배움으로 만드는 것이 중요하다고 생각해요.

그리고 아무리 배움을 받아들이는 것이 중요하다고 해서 옳지 않다고 생각되는 것들을 모두 받아들일 필요는 없다고 생각해요. 부모님, 선생님과 같은 주변 어른들의 말을 무조건적으로 나의 생각을 접어 버리면서까지 따르는 것은 옳지 않다고 생각해요. 또 어른들의 생각이 꼭 나의 생각이 될 필요도 없는 것 같아요. 그래서 저는 제가 누군가보다 위에 있고, 가르치는 존재라면 저를 먼저 바르게 하는 것이 옳다고 생각해요.

공자

그래 그게 정말 정답이지. 이 구절도 한번 읽어 볼래?

子曰: "其身正, 不令而行; 其身不正, 雖令不從."(자로편 6장)
공자께서 말씀하셨다.
"그 자신이 바르면 군주가 명령하지 않아도 행하고, 그 자신이 바르지 못하면 비록 명령해도 따르지 않을 것이다."

나는 윗사람이 바르면 명령을 내리지 않아도 저절로 시행되고, 바르지 않으면 명령해도 아무도 따르지 않을 것이라고 한 적이 있어. 이 구절을 읽고 우리는 나의 태도와 행실이 얼마나 중요한지 알 수 있을 거야. 우리가 스스로를 되돌아보았을 때 우리는 과연 자신이 바르다고 할 수 있을까? 꽤 많은 사람들이 비속어를 자주 사용하며 스스로를 깎아 내린다거나 남에게 상처가 되는 말을 했을지도 몰라. 그렇다면 과연 다른 사람들보다 더 높은 위치에 있는 사람들은 어떻게 하는 것이 좋을까?

사람들은 제각각 이루고자 하는 목표가 다르단다. 그중에서도 대부분이 성공을 꿈꾸며 노력하기에 바쁘겠지. 하지만 과연 그 성공은 누구를 위한 것일까? 나는 오늘날의 사람들이 나 스스로가 아닌 남의 인정을 받기 위해 배우려고 한다고 말하고 싶구나.

정민

저는 이 구절을 읽고 나서 과거 제 모습과 주변 몇몇 사람들이 떠올랐어요. 예전에 저는 제가 미래에 큰 성공을 이루어서 잘 된다면 어떤 모습일지 상상을 해 보았던 적이 있었어요. 그럴 때마다 저는 제가 남들에게 부러움을 사고 인정을 받는 대상이 되어 있을 것이라고 상상하고는 했었죠.

그리고 제가 만나 왔던 많은 사람들 중에서도 대다수가 그들이 무언가를 이루고, 남들이 인정해 주며 부러워하는 것을 좋아했고, 그 후로 계속해서 다른 사람들의 인정을 얻으려 행동했지요. 남들의 부러움을 사고 인정받는 것이 나쁘다고 생각하는 것은 아니지만, 공자 선생님의 말씀처럼 제가 배움을 남들 때문에 하는 것은 옳지 않다고 생각해요. 배움은 제가 '남'들이 아닌 '나'를 발전시키기 위해 하는 것이고, 배움을 통해 저의 잘못된 행동이 있다면, 더 이상 잘못을 고집하지 않고 바꾸어 나가야한다고 생각해요. 저 또한 이 구절을 통해 남이 아니라 저 스스로의 수양을 위해 배우는 것이 옳다고 배웠고, 앞으로 '나'를 위한 배움을 더 많이 얻어야겠다고 생각했어요.

또 비속어를 사용하며 자신을 깎아내린다는 것, 정말 공감해요. 사실 저는 지금까지 살면서 욕을 해본 적이 딱 한 번 있었어요. 그때는 친구들이 모두 사용해서 저만 욕을 안 하면 소외당하고 따돌림을 당할까 걱정돼서 했었어요. 하지만 딱 욕을 내뱉자마자 누가 뭐라고 했던 것도 아닌데 그냥 혼자 너무 욕을 했단 사실에 부끄럽고 창피해서 두 번 다시는 나를 깎아내리는 욕을 절대 쓰지 말아야겠다고 다짐했어요. 욕을 쓰지 않아도 친구들이 절대 소외시키는 것도 아니었고, 표현을 할 수 없던 것도 아니었어요. 그리고 욕 말고도 우리말에는 더 좋은 표현들이 있다는 것도 배웠죠. 오늘날의 많은 사람들도 남의 인정이 아닌 자신을 위해 배우고, 남들의 시선에 스스로를 가두어 가짜 모습을 보이지 않기를 바라요!

공자

그럼, 올바른 생각을 가지고 있구나. 말만큼 나를 잘 보여 주는 것도 없지. 누군가를 처음 만나면 말하는 걸 듣고는 첫인상을 결정할 때가 많잖니. 오늘날 사람들이 바른 언어습관을 가지면 좋겠구나.

자, 그럼 오늘 이야기는 여기까지 하도록 할까? 다음에도 또 찾아오렴. 너와 많은 이야기를 할 수 있어서 정말 즐거웠어. 정민이의 질문에도 답해 주고 선생님이 해 주고 싶었던 이야기를 해 주느라 대화가 조금 두서없었던 것 같지만, 그래도 너에게 여러모로 도움이 되었으면 좋겠구나.

정민

선생님! 선생님과의 대화를 통해 선생님께서 교육을 얼마나 중요하게 생각하는지 배울 수 있었어요. 정말 큰 도움이 되었어요. 정말 감사해요 제가 어른이 되고나서 꼭 좋은 교육을 하면서 보답하도록 할게요.

공자

　　여기 논어의 구절을 같이 모아둘 테니 나중에 힘들고, 조언과 위로를 구하고 싶을 때 한 번씩 찾아 읽어 보렴. 분명 좋은 도움이 될 거야. 선생님의 조언으로 네가 많은 것을 배우고 새로 느낀 점이 있다니 정말 다행이구나. 네가 열심히 노력한 만큼 너의 꿈 꼭 이룰 수 있기를 바랄게!

공자 선생님의 교육에 대해 배운 날

공자께서는 자신이 생각하는 배움, 가르침 등 그의 교육사상을 여러 제자에게 말씀해 주셨다. 교육과 관련된 구절들을 읽어 보면 공자는 지식을 얻고, 단순히 지식만을 알려 주는 교육이 아니라, 진정한 바른 사람이 되는 법까지 알고 가르쳐 주는 것이 진정한 교육이라고 생각하는 것 같다. 논어책 속에 있는 해석들을 토대로 공자의 교육과 내가 느낀 점들을 정리해 보았지만, 여전히 완전하게 이해할 수 없는 구절들도 꽤 많고, 놓친 구절도 많다. 하지만 나는 배움을 쉬지 않고, 나를 위해 배우면서 스스로 바른 모습이 되기를 잊지 않는 것이 공자가 생각하는 배움이라는 것을 알 수 있었다. 또 공자의 가르침이란 누군가를 가르칠 때에는 공평하고, 절대 게을리하지 않는 것, 그리고 부족한 것이 있다면 알맞은 방법을 찾아주는 것이라는 것도 논어를 통해 알게 되었다.

호기심과 관심이 생겼던 교육을 논어를 통해 배우게 된 것 같아서 조금 뿌듯했다. 그리고 내가 미래에 교육자가 되어서 학생을 가르칠 수 있게 된다면 공자께서 말씀하셨던 것처럼 가르칠 때에는 절대 게을리하지 않고, 공평하게 해야겠다고 다짐했다.

공자와의 세 번째 만남

정민

선생님 안녕하세요! 이번에는 논어를 읽다가 선생님께서 가르치셨던 제자들의 이야기가 궁금해서 찾아왔어요. 지난번에는 정말 큰 도움 주셔서 감사했어요. 저의 진로에 대해 더 깊이 생각해 보는 계기가 되었어요.

공자의 제자들

공자

　　나의 이야기로 깊은 생각을 했다니 좋은 경험이 되었겠구나. 그래, 내가 가르쳤던 제자들의 이야기를 해 주어도 너에게 도움이 될 것 같구나. 그럼 오늘도 논어를 함께 읽어 보면서 이야기를 시작해 볼까?

　　위 두 사람은 내 제자인데 차례대로 자로와 안회란다. 많이 들어봤지? 자로는 용맹한 정치가인데 나에게 자주 꾸지람을 들었어. 용맹함 때문에 때로는 덤벙대기도 하고 남들과 자신을 비교하기도 좋아했지. 하지만 정치가인 만큼 정치에 있어서는 전문가였고, 그래서 내가 가장 의지하고 많이 아끼던 제자였단다. 그런 반면에 안회는 정말 모범생과 같은 제자였어. 평등하게 가르치기를 추구했던 내가 특별히 예뻐할 정도로 배우기를 정말 좋아했어. 가난한 생활을 했음에도 불구하고 배움을 놓지 않았고, 늘 항상 자신이 원하는 학문을 위해 끝없이 발전하려고 노력한 아주 훌륭한 제자란다. 안회에게는 나도 배울 게 많은 제자였지.

배우기를 좋아하는 제자, 안회

　글쎄 〈중니제자열전〉에 보니 나의 제자는 3,000명이었다고 하더라고. 어마어마하지? 내가 기억하지 못하는 사람들도 많을 거야. 아마 그동안 나의 학교에서 가르침을 받았던 사람의 수일 테니까. 음……. 이 많은 사람들 중에서 어쩌면 몇몇 사람들은 고작 며칠 배우고 공자의 제자라고 했을지도 모르겠네.

정민

　선생님의 제자들이 이렇게나 많았다는 것을 알고 나니까 공자 선생님께서는 과연 이 모든 제자들의 이름, 성격, 특징 모든 것을 알고 있을지, 그 중에서는 누구를 가장 좋아하고, 누구를 가장 싫어했는지 궁금해졌어요. 그래서 여러 책을 찾아 읽어 보고 있었는데 '열일곱 살에 읽는 논어'라는 책을 읽고 궁금증을 조금 해소할 수 있었어요. 선생님께서는 안회라는 제자를 가장 사랑했다고 하던데요?

　제가 듣기로는 안회는 배우기를 좋아했지만, 형편은 그리 좋지 않았다고 했어요. 그렇지만 안회는 언제나 호기심이 많았고, 안회보다는 나이가 많은 다른 제자들에 비해 아는 것이 훨씬 더 많았다고 하더라고요.

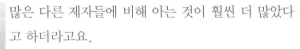

공자의 제자, 안회

지루한 학생

정민
　저는 공자 선생님의 수제자였던 안회와 관련된 글을 읽으면서 저와 닮은 부분이 꽤 있다고 느꼈어요. 많은 부분 중에서도 안회의 성격은 저와 꽤 비슷하다고 생각했어요. 수업을 하면서 질문을 하지 않고, 되도록 시키는 것에 순응하는, 가르치기에 재미없고 답답하고 지루한 학생의 모습이 안회였고, 저는 그런 안회가 나랑 정말 닮았다고 생각해요. 저는 수업시간에 선생님의 말씀을 듣고 별로 따지기를 하지 않는 그런 학생이에요. 주변 어른들이 보면 마냥 착하고 말 잘 듣는 범생이 같은 학생이라고 하겠지만, 사실 저는 이런 제 모습이 너무 답답했어요. 하고 싶은 말을 스스럼없이 당당하게 하는 친구들이 부러웠고, 그러지 못하는 저는 소심하게 꺼내고 싶었던 말을 숨겨둘 뿐이었어요. 늘 항상 이런 제 모습에 실망하기도 하고, 매번 후회도 했어요. 한번은 저도 다른 사람들처럼 '남들이 날 어떻게 생각할까' 고민하지 않고 당당하게 하고 싶었던 말을 하려고 노력했지만, 역시나 뜻대로 되지 않았어요. 한순간에 성격을 바꾸는 것이 쉽지 않더라고요. 상대방이 내가 뱉은 말에 상처를 받은 것은 아닌지, 날 이상하게 생각하는 것은 아닌지 등 남의 시선을 신경 쓰기에 바빠서 당당하게 제 이야기를 말하는 것은 조금 어려웠어요.

공자

樊遲問仁, 子曰: "居處恭, 執事敬, 與人忠. 雖之夷狄, 不可棄也."(자로편 19장)

번지가 인에 대해 여쭈자, 공자께서 말씀하셨다.

"거처할 때에는 공손하며, 일을 집행할 때는 공경하며, 사람과 만날 때는 진실해야 한다. 비록 오랑캐 땅에 가더라도 이것들을 버려서는 안 된다."

그동안 성격에 대한 고민이 있었구나. 그래도 정민이를 좋아해 주는 사람들이 많지 않니? 이 구절을 한번 읽어 보렴. 너의 진실하고 사람들을 위하는 모습이 통했기에 너의 주변 사람들이 너를 좋아해 주는 거란다.

정민

제가 해 왔던 대로 공손하고 신중하게 진심으로 상대를 대한다면 언젠가는 사람들이 제 진심을 알아 주겠죠? 선생님 덕분에 이 구절을 읽고 저 스스로를 답답해하면서 남들처럼 되길 바라는 것이 아니라 다른 사람들에게 제가 진심으로 신중하게 대하면서 너무 스스로를 남들 시선에 가두지 말아야겠다는 생각이 들었어요. 이제 저는 저답게 다른 사람들에게 진심으로 대한다면 분명 진심이 통할 거라고 믿을래요!

공자

자, 이제 나의 마음을 바로 잡는 것에 대해 배웠으니 잘못을 고치고 유지하는 방법을 배워야겠지? 사람이 정말 한결같으려면 아주 많은 노력이 필요하단다. 이 구절을 읽으면서 이야기해 줄게.

子曰: "君子不重則不威, 學則不固. 主忠信, 無友不如己者, 過則勿憚改."(학이편 8장)

공자께서 말씀하셨다.

"군자가 신중하지 않으면 위엄이 없고, 배워도 견고하지 못하다. 충심과 신의를 주로 하고 자기보다 못한 자를 벗하지 말며 잘못이 있으면 고치는 것을 꺼리지 말아야 한다."

내가 무엇을 고쳐야 하고 어떻게 발전해 나아가야 하는지에 대해 배웠는데도 실천하지 않는다면 그건 배우지 않은 것만도 못하단다. 항상 나의 잘못을 인정하는 것이 나를 발전시킬 수 있는 가장 좋은 방법이고, 배운 것을 항상 마음속에 새기고 있어야 해.

 정민

선생님, 저는 과오가 있다면 고치기를 꺼려하지 말라는 말이 정말 와닿았어요. 저는 가끔 이상하고 별로 쓸모없는 곳에 자존심을 내세우다 후회했던 적이 있었어요. 예전에는 5살 터울인 언니와 다툰 적이 꽤 잦았어요. 제 잘못은 조금도 없었다는 듯이 행동하고, 제가 했던 잘못된 행동들은 하나도 인정하지 않았어요. 역시나 이러한 제 태도는 싸움을 더 크게 만들기 일쑤였고, 언니와는 사이가 더 많이 틀어지기도 했어요.

하지만 제가 조금씩 커가면서 속으로는 잘못을 인정해야 하는 것에 대해서는 어느 정도 알고 있었지만, 자존심이 뭔지 도무지 입 밖으로 내 잘못을 인정하는 것은 쉽지 않더라고요. 그래도 이 구절을 통해 배운 만큼 지금은 자존심에 목매지 않고 저의 잘못을 인정하도록 노력해야겠어요. 하지만 좀처럼 뜻대로 되지 않는다면 어쩌죠?

누군가랑 싸웠을 때뿐만 아니라 사실 제 생각에 저는 쓸데없이 자존심을 내세우는 경향이 있는 것 같아요. 조금 부끄럽지만 게임을 하다가 지면 너무 분해서 결과를 받아들이지 못하고 그 자리에서 바로 떼쓰기도 한 적이 있어요. 누군가가 잘못된 것을 지적해 줘도 적극적으로 수용하지 못하고 꼭 나중에 일을 그르치고 나서 후회를 하면서 받아들이고는 했어요.

나와 다른 안회

공자

子曰: "語之而不惰者, 其回也與!" (자한편 19장)
공자께서 말씀하셨다.
"일러주면 그것을 실천하는 데 게으르지 않는 자는 아마도 안회일 것이다."

子謂顔淵曰: "惜乎! 吾見其進也, 未見其止也." (자한편 20장)
공자께서 죽은 안연에 대하여 말씀하셨다.
"애석하구나. 나는 그가 나아가는 것은 보았어도, 그가 멈춘 것은 보지 못했다."

내 제자들의 이야기와 엮어서 다시 한번 이야기해 줄게. 너도 알다시피 안회는 아주 뛰어난 제자란다. 그래서 안회는 절대 학문을 게을리하지 않았고, 배운 것을 바로바로 실천할 줄 아는 가장 부지런한 제자였단다. 두 번째 구절에 나와 있는 것처럼 안회는 멈추지 않고 끝까지 나아가며 발전하려는 제자였단다. 앞으로 정민이도 새로운 것을 배우면 실천하는 모습을 보여 주면 좋겠구나.

정민
저는 안회처럼 이 세상 모든 것들을 제치고 배우기를 우선순위로 둘 만큼 좋아하는 것은 아니지만, 그렇다고 해서 끔찍하게 생각할 만큼 싫어하는 것도 아니에요. 안회는 형편이 어려워서 매번 밥을 물에 말아 간장과 함께 식사를 했다는 이야기를 들은 적이 있어요. 저는 그 이야기를 듣고서 안회가 이렇게 형편이 좋지 않았음에도 불구하고, 배우려고 하는 노력이 뛰어났으니 선생님께서 좋아할 수밖에 없었다고 생각했다. 매일 밥을 똑같이, 그것도 별로 특별한 반찬 없이 물과 먹어야 하는 상황이라면 아마 저를 포함한 많은 사람들이 배우기는커녕 배울 힘이 없어 아무것도 하기 싫어했을 거예요. 가난하고 힘든 상황에서는 의지도 떨어지기 마련인데 학문을 계속해서 이어 나가는 안회가 대단했고, 많은 사람들도 이러한 모습을 본받아야 한다고 생각했어요. 저도 자존심 내세우지 않고 잘못은 빨리 인정하고 뭐든 성실하게 하는 학생이 될래요.

어려운 환경에서도 자신이 바라고 원하는 것을 위해 포기하지 않았던 안회의 이야기를 들으니 모두에게 공평할 것 같았던 공자 선생님께서 왜 그렇게나 예뻐했는지 조금은 알 것도 같아요.

제가 중국에 처음 왔을 때 이야기 좀 들어 보실래요? 저는 초등학교 3학년을 마치고 4학년이 되던 해인 2012년에 처음 중국에 왔어요. 중국이 제가 태어나서 처음 밟아본 낯선 땅이었던 데다가, 학교부터 모든 것이 달라서 너무 힘든 시간이었어요. 한국에 있을 때는 의사소통에 아무런 어려움도 없었고, 낯선 사람들을 자주 만날 필요도 없었는데 중국에 오고 난 뒤로 새로운 것들에 적응해야 하는 것이 낯설고 힘들었어요. 학교에서는 친구들을 제대로 사귀기도 전에 난생처음 영어와 중국어로 수업을 해야 했고, 제가 배움을 갈구하지 않으면 아무도 신경 쓰지 않을 듯한 낯선 수업 분위기였어요. 정말 수업은 하나도 알아들을 수 없었고, 빠른 영어 실력 향상을 위해서 학교에서는 한국어 쓰는 걸 금지했어요. 그래서 적응도 완전히 하지 못한 저에게는 너무 힘들었던 시간이었어요. 또 매주 금요일마다 배운 것들에 대해서 시험을 치기도 했는데 합격선을 넘지 못하면 점심 시간에 손들고 서 있는 벌이 있었어요. 역시나 이것도 적응하지 못한 채로 벌 받는 것이 너무나도 무섭고 생소하고 두려웠어요.

공자

樊遲問知, 子曰: "務民之義, 敬鬼神而遠之, 可謂知矣." 問仁, 曰:
"仁者先難而後獲, 可謂仁矣." (옹야편 20장)
인에 대하여 묻자, 선생님께서 말씀하셨다.
인이란 어려운 일을 남보다 먼저 행하고 그 보수는 뒤로 미루는 것으로서, 그래야
만 인하다고 할 수 있다.

　낯선 환경에 적응해야 하는 것이 참 힘든 일이지. 그래도 이제는 지난
경험을 통해서 용기를 얻을 수 있게 되었지? 지난 고통은 앞으로 한 걸
음 더 나아갈 수 있는 용기를 주는 발판이 된단다. 이 구절을 한번 읽어
볼래?

정민
　　　왠지 이 구절을 읽으니까 4학년인 저에게는 너무 힘들었던
　　　시간이 떠올라요. 그때 당시에는 학교에 가면 하나도 이해할
수 없어서 답답했고, 영어와 중국어만 사용해야 한다는 압박감에 너무나
도 많은 스트레스를 받았었어요. 그렇게 저는 스트레스로 인한 장염에 걸
리고, 힘든 상황을 그저 피하고 싶어서 매일 학교 가기 싫다고 떼를 쓰기
도 했었어요. 제가 그렇게 떼를 쓸 때마다 엄마는 저에게 지금은 비록 힘
들겠지만, 힘든 시기를 이겨 내려고 노력하다 보면 언젠가는 지금 이 시
기를 웃으면서 되돌아볼 수 있는 날이 올 것이라고 이야기해 주셨어요.
저희 가족 모두가 힘들었지만 서로 의지하며 이겨 내려고 많은 노력을 했
지요. 저는 그 힘들었던 시기에 포기하지 않고 노력하려고 애썼던 저에게
정말 잘했다고 칭찬해 주고 싶어요. 비록 앞으로 저에게는 얼마나 더 견
디기 어려운 일들이 생길지는 모르지만, 어려움을 이겨 내려고 한다면,

공자 선생님께서 말씀하신 것처럼 그 후에 반드시 얼음이 올 것이라고 믿어요.

많은 사람들이 할 수 없다고 느껴지는 일들은 시도조차 하지 않고 포기하는 경우가 많은데, 꼭 사람들이 이 구절을 통해 어려움을 이겨 내고 난 후에 얼음이 온다는 것을 알게 되면 좋겠어요. 비록 어려움을 견뎌 낸다는 것이 쉽지는 않겠지만, 어려운 형편 속 끊임없이 배우는 안회처럼, 어진 자는 어려움을 우선으로 삼고 얼음을 다음으로 여긴다는 선생님의 말씀처럼, 성공만 바라면서 어려움을 회피하기보다는 어려움을 견뎌내고 값진 성공을 얻는 기쁨을 깨달았으면 좋겠네요.

공자의 제자, 자로

공자

    그래, 안회는 정말 배울 것이 많은 제자였단다. 안회 이 야기를 통해 정민이 뿐만 아니라 더 많은 사람들이 깨달음을 얻었으면 좋겠구나. 그럼 다음 제자 자로의 이야기로 넘어가볼까? 자로는 나에게 자주 꾸중을 듣던 제자였어. 예쁨만 받던 안회와는 다르게 혼나기만 하는 모습을 보이던 자로는 다른 제자들로부터 무시를 받기도 했었지. 하지만 나는 다른 제자들이 자로를 무시할 때 자로는 너희들이 무시할 상대가 아니라며 자로를 대변해 주었지. 그 이야기가 다음 구절에 있어. 한번 읽어 볼래?

> 子曰：“由之瑟, 奚爲於丘之門？” 門人不敬子路. 子曰：“由也升堂矣,
> 未入於室也.” (선진편 14장)
> 공자께서 말씀하셨다.
> “유(자로)가 거문고를 어찌하여 내 집 문 앞에서 타느냐？”
> 그 뒤로 문인들이 자로를 공경하지 않았다.
> 공자께서 말씀하셨다.
> “유는 당(대청)까지 올라섰지만, 실(방 안)까지는 들어오지 못했다.”

    이렇게 얘기하면 자로에게 미안하지만 사실 나는 평소 성격이 거친 자로의 거문고 연주가 북쪽 변방의 살벌한 소리가 스며 있어서 듣기조차 싫어했어. 그래서 그런 모습을 봤던 제자들은 자로가 나의 인정을 받지 못했다며 무시하고 공경하지 않았지. 나는 그런 모습을 보고 자로를 무시했던 제자들에게 자로는 비록 방 안에까지는 들어가지 못했지만 대청에까지는 올랐으니 무시할 존재가 되지 못한다고 말해 주면서 자로의 편을 들어 줬어. 자주 자로를 꾸짖기도 했지만, 자로를 배려하며 인정했었단다.

정민

선생님이 자로를 꾸짖었던 것이 꼭 엄마의 마음이었을 것 같아요. 왜 보통 부모님들은 내 자식인 만큼 더 잘되길 바라면서 채찍질을 하시곤 하잖아요. 선생님도 그런 비슷한 마음이셨던 거죠? 근데 선생님이 저를 그렇게 느끼고 혼내셨다면 전 분명 그 자리에 주저앉아서 엉엉 울었을지도 몰라요. 자로도 분명 서운했을 거예요.

공자

그런가? 허허. 나는 용맹하기만 했던 자로를 자주 꾸짖었지만 다른 한편으로 자로는 나의 벗이자 조언자였어. 내가 정치를 통해 노나라와 세상의 뜻을 바꾸고자 했었는데 좀처럼 기회가 자주 찾아오지 않았고, 정치를 통해 뜻을 바꾸는 것 또한 쉽게 이루어질 수 없었어. 다음에 읽어 볼 구절은 나와 자로가 나눈 대화란다.

공자의 조언자

공자

公山弗擾以費畔，召，子欲往. 子路不說，曰："末之也，已，何必公
山氏之之也？"子曰："夫召我者，而豈徒哉？ 如有用我者，吾其爲東周
乎!"(양화편 5장)
공산불요가 비읍을 근거지로 해서 반란을 일으키고 나서 공자를 부르자, 공자께
서 가시려고 했다. 자로가 언짢아하며 말했다.
"가실 곳이 없으면 그만이지, 어찌하여 꼭 공산씨에게 가시려고 하십니까?"
공자께서 말씀하셨다.
"그자가 어찌 헛되이 나를 불렀겠느냐? 만약 나를 써 주는 사람만 있다면 나는
그곳(노나라의 비읍)을 동쪽의 주나라로 만들 것이다!"

어느 날 상당히 평가가 좋지 않은 사악한 사람인 공산불요가 반란을 일
으킨 후에 나를 불렀었어. 나는 만나려는 생각이 있었지만, 그래도 군사
의 전문가와도 같은 나의 제자 자로에게 먼저 물어봤지. 용감한 자로는
공자가 사악한 사람을 만나는 것에 이의를 제기하더군. 그때 만약 내가
끝까지 가고자하는 의지가 굳게 있었다면 공산불요를 만나러 갔겠지만,
그래도 자로의 말을 따라서 결국엔 가지 않았어.

정민

선생님께서 자로를 자주 꾸짖었는데도 이번에는 자로의 말을 따른 것을 보면 자로는 선생님에게 있어서 어느 정도 인정할 수 있고 신뢰 있는 존재였나 보네요. 그리고 그 분야에 있어서 선생님께서는 자로를 깊이 신뢰하고 계셨던 거죠?

아마 제가 자로였다면, 선생님의 말을 차마 부정하지 못하고, 그대로 공산불요를 만나러가게 놔두었을 것 같아요. 제 생각엔 끝까지 지조를 지키고 선생님의 사상을 굳게 지킬 수 있었던 것은 외부의 유혹에 흔들릴 때 바로 잡아 줄 수 있는 제자가 있었기 때문이라고 생각해요. 그런 자로를 보면서 아무리 나에게 옳고 바른 것만 알려 주던 사람이라도 잘못된 것은 틀렸다고 말할 수 있는 용기가 꼭 필요하다고 느꼈어요.

왜 보통은 다들 선생님의 생각이면 대부분이 옳을 것이라고 생각하지 않나요? 저는 선생님이나 어른들이 시키는 것을 별 반항 없이 묵묵히 말 없이 따르던 지루한 학생이라 뭔가 크게 저항하지 못하겠어요. 그런 반면에 저와는 정반대인 자로를 보면서 제가 저의 생각을 당당하게 말할 수 있는 것이 얼마나 중요한지 알 수 있었고, 그만큼 용기를 기르도록 노력해야겠어요.

공자

나도 자로의 말을 듣지 않았다면 분명 크게 뉘우쳤을 거야. 그 자로의 한마디가 나를 바꿔놓았다고도 할 수 있지. 정민이도 앞으로는 너무 속에 말을 담아두지 말고 필요한 말이라고 생각되면 한번쯤은 뱉어 보는 것도 좋을 것이라고 생각해. 혹시 아니? 너도 자로처럼 나를 바꿔 놓을지?

그래도 정민이 네 스스로가 너무 부족하고 재미없는 사람이라고 생각하지 않았으면 좋겠어. 용기를 가지렴. 너는 나와 이야기도 해 보고 책도 써 본 아이잖니? 이 세상 모든 사람들 중에서 단 한 명도 쓸모없는 사람은 없단다. 단지 모두가 다를 뿐이지. 용기를 가지고 꼭 꿈을 이루렴! 언제나 뒤에서 응원할게!

며칠 동안 나와 여러 이야기를 나눴는데 어땠니? 나는 정민이의 진로를 깊게 알게 되어서 좋았고, 오늘날 교육 이야기도 들어볼 수 있어서 좋았어. 나에게도 정말 많은 도움이 되었단다. 뜻 깊은 시간이었어. 간만에 말동무가 되어 줘서 정말 고마웠어. 나도 잊지 못할 거야. 나중에 꼭 다시 찾아와야 한다! 안녕!

정민

훌륭한 선생님께서 제 뒤에서 응원해 주시면 없던 힘도 날 거예요. 이번에도 감사했어요. 용기도 얻고 제자들 보면서 저도 스스로를 되돌아봤어요. 역시나 많이 배우고 가요! 저도 훌륭한 교육자가 되면 선생님 다시 한번 찾아올게요! 그때까지 저 기다려 주실 거죠?

저도 이야기하느라 시간가는 줄 몰랐어요. 선생님과 함께해서 꿈에 대한 길을 찾았어요. 앞으로 어려운 일이 있을 때마다 선생님과 대화를 나눴던 이 시간을 잊지 않을게요. 저에게 여러 가지를 깨우치게 해 주셔서 정말 감사했고, 다음에도 저 궁금한 게 있으면 언제든지 찾아와도 되죠? 선생님 감사합니다! 논어는 모두에게 한번쯤은 꼭 필요한 책인 것 같아요. 절대 잊지 않고 꼭 꿈을 이룰게요! 안녕히 계세요!

선생님의 제자들, 그리고 마지막

　오늘은 선생님과 마지막으로 선생님께서 가르치셨던 제자 이야기를 했다. 선생님의 수많은 제자들 중에서도 자로와 안회에 대한 이야기를 해 주셨는데 꽤나 흥미로웠다. 두 제자 모두 나와 성향이 다르면서도 비슷하다는 느낌을 받았다. 안회는 공부를 무지 좋아했다고 하던데……. 솔직히 조금 부러웠다. 나도 공부에 좀 흥미를 갖고 하면 얼마나 좋을까 생각하기도 했다. 그래도 안회가 나처럼 시키는 것에 순응했다는 걸 알고 나서는 뭔가 공감됐다. 그것만큼은 내가 누구보다도 가장 잘 공감할 수 있지 않을까?

　안회 말고도 자로는 용감해서 내가 꼭 배워야 할 점이 많은 제자라는 걸 깨달았다. 나도 좀 용감하고 솔직해져야 할 텐데. 그래도 이번에 선생님과 대화를 나누고 나서 나도 많이 달라지게 된 것 같다. 나도 무엇이든 하기 전에 두려워하기보다 일단은 부딪쳐봐야겠다고 새로 다짐하게 되는 계기가 됐다. 바뀐 내 모습으로 꿈을 꼭 이뤄서 선생님을 다시 찾아뵈러 가야지!

　오늘도 역시나 좋은 시간이었다. 선생님 감사합니다!

글을 마치며

　나는 이 책을 쓰기 전까지는 사실 한자만 가득하고 재미없을 것 같은 논어를 읽게 될 줄은, 게다가 논어를 읽고 나만의 이야기로 책을 쓰게 될 줄은 상상조차 하지 못했었다. 내가 글을 아주 잘 쓰는 것도 아니었고, 책을 책벌레만큼 좋아하는 것도 아니었다. 내가 책을 쓰게 되었을 때는 정말 막막했고, 사실은 내 꿈에 대해 확신할 수도 없었다. 단지 교육에 관심을 가지고 교사가 되고 싶다는 생각뿐이었지 나의 꿈을 위해 무언가 특별히 노력을 하려고 하지도 않았었다. 교사라는 직업에 대해 조금씩 꿈을 키워가고 있을 때 나는 나의 말, 그리고 행동으로 한 학생의 삶을 전혀 다른 길로 바꾸어 버릴 수도 있다는 생각에 조금은 두렵고 걱정이 되었다. 그래서인지 꿈에 대해 더 확신을 가질 수 없었고, 미래에 대해 너무 막막하기만 했었다. 하지만 논어를 읽으면서, 책을 쓰면서 나에 대해, 그리고 나의 꿈에 대해 다시 한번 더 고민해 보는 시간을 가질 수 있었다. 논어를 통해, 책쓰기를 통해 진정한 교육이란 무엇인지, 교사가 되어서는 어떤 노력들이 필요한지, 어떤 자질과 태도를 지녀야 하는지 처음부터 차근차근 배우게 되었다. 새롭게 논어를 통해 교육을 접하게 되면서 교육에 더 빠지게 되었고, 미래에도 교육을 하는 사람이 꼭 되어야겠다고 다짐하게 되었다. 그 결과 지금 이렇게 부족하지만 나만의 글을 완성할 수 있었다. 논어는 나에게 정말 많은 도움을 준 만큼 많은 사람들에게 꼭 한 번은 읽어보라고 추천해 주고 싶은 책이다.

　친구들과 논어라는 책을 통해 각자 다른 주제로 책을 쓰면서 때로는 포기하고 싶기도 하고 귀찮아하기도 했지만, 서로 격려하며 지금 이렇게 책을 완성하게 되었다. 살면서 책을 써보리라고는 생각조차 해보지 않았었다. '글도 못 쓰는 내가 무슨 책을 쓰겠어.'라고 여겼지만, 좋은 선생님과 친구들을 만나 너무나도 소중한 추억과 경험을 만든 것 같아 너무 뿌듯했다. 정말 우여곡절 끝에 완성한 우리들의 책인 만큼 책을 썼던 이 순간만큼은 평생 내 기억 속에 간직하고 싶다.

부족했지만 끝까지 저희를 이끌어 주신 김은숙 선생님! 정말 감사해요.

꿈을 찾는 길잡이

- 내가 논어를 만났을 때

글·그림 **주민경**

목차

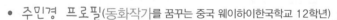

● 주민경 프로필 (동화작기를 꿈꾸는 중국 웨이하이한국학교 12학년)

한국에서 태어나 8살 때 중국 웨이하이로 오게 되었다. 오랫동안의 해외생활로 인해 한국이 그리울 때가 많았지만, 그때마다 책을 읽으며 달래곤 했다. 그 외의 취미는 그림 그리기, 영화보기다. 어렸을 때부터 이야기를 만들어 내는 것을 좋아했기 때문에 〈싯다르타〉의 저자 헤르만 헤세처럼, 나의 오랜 해외생활을 바탕으로 한국 뿐 만 아니라 여러 나라를 배경으로 하는 그림동화작가 겸 연출가가 되는 것이 꿈이다. 나의 그림동화가 전 세계인을 사로잡을 수 있는 영화로 만들어진다면, 더없이 행복할 것 같다.

김해철 (18)
얼떨결에 연극부에
들어온 모범생

서명준 (26)
논어에 관심이 많은
과학선생님

이석태 (18)
절친 선호를 따라서
연극부에 들어온 학생

신봉태 (18)
연극이 하고싶어
연극부에 들어온
학생

유선호 (18)
새로운 꿈을 찾아나선
학생

윤지성 (18)
좋아하는 선생님 따라
연극부에 들어온
철없는 학생

1. 새로운 동아리

　복도는 학생들로 꽉 차 있다. 오늘은 동아리를 선택하는 날이기 때문이다. 복도 끝 게시판엔 동아리 홍보종이들이 다닥다닥 붙어있었다. 동아리를 선정하는 1시간은 유명 가수의 티켓팅 못지않게 치열했다. 인기 있는 동아리는 종이 울린 지 5분도 되지 않아서 정원이 채워졌다.

　작년에 미술부였던 선호와 스포츠 동아리였던 석태는 머뭇거리며 게시판 앞에 서 있다. 생각보다 동아리가 정말 다양했다. 합창 동아리, 스포츠 동아리, 미술 동아리 같이 학생들이 많이 몰릴 만한 동아리는 기본이고 색다른 동아리도 많았다. 마술 동아리, 바둑 동아리, 심지어 맛집 동아리도 있었다. 중학교 때부터 미술 동아리만 들어서 다른 동아리를 살펴보지 못했는데, 지금 이 순간동안은 해방감과 자유로움이 선호의 양옆에서 춤을 춰댔다. 그동안의 동아리 활동은 잘하는 것, 대학 입시와 관련된 미술 활동만 생각했는데…… 정말 내가 꿈 꾸는 삶의 내용에 고민하고 있었던 때에 북적거리는 학생들과 다양한 동아리실을 보니 감겼던 눈이 번쩍번쩍 떠지는 것만 같았다.

　"뭐 들래?"

　석태가 선호에게 물었다.

　"조금만 더 둘러보자. 아직 시간은 많잖아."

　선호는 웃으며 말했다. 기분이 이상했다. 너무 좋았기 때문이다. 그렇게 30분 동안 먹잇감을 노리는 사자처럼 복도를 왔다갔다거렸다. 오케스트라 동아리도 나쁘지 않았다. 바둑 동아리도 재밌을 것 같았다. 행복한 고민이었다. 다 너무 좋은데, 어떤 동아리를 들어야 할지. 그것이 고민이

었다.

　다른 학생들도 선호와 같은 행복한 고민에 빠져 있는지, 주변만 어슬렁
거리며 서로의 눈치를 보고 있었다.

　"뭐 들은 정보 같은 거 없냐?"

　"오케스트라 동아리 들면 생기부에 엄청 좋게 써 준대. 할 줄 아는 거
없으면 스텝 같은 거 하면 된다는데?"

　"다른 데는?"

　"일단 연극부는 절대 가면 안 돼."

　"왜? 누가 그러는데?"

　"정민이가 교무실에서 선생님들끼리 얘
기하시는 거 들었대. 축제 때 공자랑
논어…? 뭐 그런 걸로 연극한다고."

　"뭐?"

　그 논어가 내가 알고 있는 논어를 말하는 건가? 선
호는 당황스럽기도 하고 황당하기도 했다. 논어라면, 공자? 중
국? 유교? 정말 뜬금없었다. 그걸 왜? 생각만 해도 지루하고,
졸립고, 나이 든 어른들만 생각하는 '논어'라고 생각했다.

"아니, 너무 뜬금없잖아! 누구 의견인데?"

"교장 선생님. 이유는 몰라. 아무튼 거긴 절대 가면 안 돼. 우리가 논어를 좋아할 거라고 생각하나 봐. 근데 이거 너한테만 말하는 거다."

"빨리 정해야 돼. 이제 10분 남았어."

"그럼 오케스트라 동아리나 들자. 너무 많아서 고르기도 힘들다."

"좋아."

40분 동안의 즐거운 고민을 해결하고, 선호와 석태는 오케스트라 동아리실로 들어갔다. 생각보다 줄이 너무 길었다. 선호와 석태도 얼른 줄을 섰지만, 둘의 차례가 올 기미가 보이지 않았다.

드디어 선호와 석태의 차례가 되었다! 선호는 종이를 받아서 이름을 적었다. 이름을 적고, 담당 선생님은 종이에 있는 이름을 손가락으로 세기 시작했다. 하나, 둘, 셋, 넷, 다섯, 여섯, 일곱, 여덟,… 선생님의 손가락은 계속해서 멈추지 않았다. 선호와 석태는 멀뚱거리며 서로를 바라보았다. 그때 선생님의 손가락이 멈췄다. 종이를 내리자 선생님의 얼굴이 보였다. 선생님은 선호와 석태를 포함한 남은 학생들을 한 번 보더니, 안타까운 얼굴로 말했다.

"정원이 넘어 버렸네. 미안하지만 더 이상은 받을 수 없어. 다른 동아리를 알아보렴."

"그럼 바둑동아리 가자."

처음 겪어 보는 일에 선호는 당황스러웠다. 하지만 원래 오케스트라 동아리가 목적이 아니었기 때문에, 석태는 선호에게 두 번째로 눈에 띈 바둑동아리로 가자고 제안했다. 둘의 발걸음은 아까보다 조금 빨라졌다.

"정원이 다 찼는데? 조금 더 일찍 오지 그랬어."

이 상황 역시 처음이었다! 오케스트라 실에서 너무 오래 있었던 탓인지,

바둑 동아리에도 사람이 가득했다. 선호는 조금씩 불안해지기 시작했다. 이러다 남는 동아리가 없으면, 작년에 들었던 동아리에 의무적으로 다시 들어가야 했기 때문이다. 그러나 석태에겐 그다지 나쁜 조건은 아니었다. 작년 석태의 동아리는 스포츠 동아리였는데, 지금은 정원이 차고도 남았지만 석태는 그곳에 다시 들어가는 것을 어느 정도 노리고 있었다.

"선호야, 너 근데 미술 동아리 안 들어?"

"어? 아니…. 그럼 너 혼자 남잖아."

선호는 가장 친한 친구인 석태에게도 속마음을 털어놓지 않았다. 주변의 기대가 너무 컸기 때문일까.

"나는 스포츠 동아리 다시 들어가면 돼."

"그럼, 늦기 전에 빨리 가. 난 미술실로 갈게."

"그래."

석태는 그렇게 떠났다. 선호는 석태를 얼른 보내고, 남은 동아리를 찾으려고 필사적으로 뛰어다니기 시작했다. 지금 선호는 먹잇감을 노리는 사자같기는커녕 살기 위해서 발버둥치는 파리지옥 안의 벌레와도 같았다.

모든 동아리실을 찾아다녔지만, 듣는 소리는 정원이 없다는 소리밖에

듣지 못했다. 정말 다시 미술 동아리를 들어야 하는 걸까? 그건 죽어도 싫었다. 하지만 방법이 그것 말고는 없었다. 선호는 자신의 머리를 마구 때리고 싶었다. 왜 미리 정하지 않았는지, 왜 바보같이 놓치기만 하는지. 하지만 다시 생각해 보면, 하고 싶은 게 있었을까? 선호는 의문이 생겼다. 정말로 하고 싶은 게 있었으면 바로 정하지 않았을까? 라는 생각이.

그때였다.

"동아리 아직 못 구했니?"

과학 교사인 명준이 복도에 홀로 서 있는 선호를 보며 조심스럽게 물었다. 선호는 고개를 끄덕거렸다. 선호의 머릿속은 복잡했다. 정말 다시 미술 동아리로 들어가야 하는 것일까.

그런 선호의 마음을 알진 못했지만, 과학 선생님은 선호의 앞에 다가와서 말했다.

"우리 동아리 들어올래?"

"사람이 비어요?"

"우리는 사람이 부족하거든."

선호의 마음이 가라앉았다. 속이 뻥 뚫린 것 같이 시원했다. 선호의 시선으로 선생님의 뒤로 빛이 반짝반짝하게 빛났다. 그렇게 선호는 쫄래쫄래 선생님의 뒤를 따라 들어갔다.

2. 서명준 이야기

1학년 통합과학 교사 서명준. 그는 영인고등학교에서 가장 괴짜 같은 교사다. 담당 과목은 과학이지만 그는 과학과 종교의 관계에서 늘 종교를 더 생각했다. 과학을 왜 전공했느냐 하면, 절실한 기독교 집안에서 태어난 모태신앙 명준은 늘 믿고 있었던 것과 반대되는 학문인 과학에 흥미가 생겨서다. 과학에 대한 애정보단 단순한 호기심, 그 이상도 이하도 아니다. 하지만 과학이란 학문을 배우는 것은 재미있었다. 무언가의 반항적인 모습이 보였기 때문이다. 태초에 하느님이 세상을 만드셨는데, 과학도 과학 나름대로의 증거와 반박을 공부하며, 마치 둘의 싸움을 재밌게 보는 관중 같은 느낌이 들었다.

명준의 또 다른 괴짜 같은 면모는, 바로 운명론자라는 것이다. 명준이 종교가 있어서가 아니다. 명준은 운명이라는 것은 반드시 존재한다고 생각했다. 명준이 길을 가다 넘어지면 어떠한 뜻이 있어서 넘어진 것이라며 사소한 의미부여는 물론이고 그것이 더 커질 수도 있었다. 왜 그러냐고? 워낙 도덕적으로 살아가는 사람이라 그런지, 나쁜 짓을 하면 벌 받을 거야! 라는 입장이긴 하다.

그런 명준이 논어에 빠졌다. 과학과 종교에 모자라 논어라니, 정말 어울리지 않는 조합이다. 명준은 논어의 구절을 좋아했다. 고등 학생 때 아무것도 모르고 그저 어른스러워 보이고 싶다는 이유로 덥석 집었던 책이 논어책이었던 것이다. 그렇게 한두 페이지를 넘기던 명준은 밤을 새면서까지 책을 읽어냈다. 책을 읽어도 액션, 범죄 쪽의 소설만 읽던 명준에게 논어책은 자신을 통제하는 엄격한 선생님 같은 느낌이었다.

공자가 말했다.

"인간이 도를 넓힐 수 있는 것이지 도가 인간을 넓히는 것은 아니다."

명준은 이 구절을 보고, 논어에 흥미가 생겼다. 차근히 생각해 보면, 과학에 대한 흥미로 과학 교사가 되었다. 처음 과학책을 읽으며 자신의 잘아는 성경 내용과 비교하며 봤을 때 특히 재미있었다. 자신의 생각과 반대되는 글을 보았기 때문이다. 그러나 지금 이 상황도 똑같았다. 운명을 중요시하던 명준에게 반박을 하는 구절을 보았기 때문이다.

그렇게 명준은 논어책에 푹 빠졌다. 논어책은 '나도 이렇게 누군가에게 가르치고 싶다.'라는 생각을 들게 했고, 명준을 교사의 길로 이끈 것이다.

"연극 동아리요?"

명준이 맡게 된 동아리는 연극 동아리였다. 연극 동아리를 제안한 것이 명준이었기 때문일까? 명준은 겉으론 덤덤하게 받아들였지만, 속으론 정말 간절하게 바라고 있었다. 연극에도 관심이 많았기 때문이다.

연극 동아리는 명준의 추천에 의해 이번 년에 새롭게 신설된 동아리다. 그럼에도 불구하고 명준을 제외한 모든 교사가 담당하기를 꺼려하는 데엔 이유가 있다. 새롭게 만들어짐과 동시에 학교에서 가장 주목하고 있는 동아리기 때문이다. 그 부담감과 압박감을 견디지 못하기 때문이다.

왜 주목하느냐고? 그것은 바로 논어 때문이다. 작년, 교장이 공자의 고향, 산둥성 곡부에 여행을 다녀오면서 모든 것이 바뀌었다. 명준은 이 모든 일의 시작을 떠올렸다. 2학기 개학 전, 교장은 동아리 담당 교사들을 교장실로 불렀었다. 여행에서 이제 막 돌아오자마자 호출이라니, 잘못 한 것도 없지만 혼날 것을 각오한 교사들은 쭈뼛거리며 교장실로 들어왔다.

"아, 이제야 오시는군요."

무진장 깨질 것을 각오하고 주먹을 꽉 쥔 채 들어왔지만, 교장의 얼굴엔 화는커녕 선홍빛 잇몸까지 드러낸 채 미소짓고 있었다. 가끔은 해맑은 웃음이 더 무서울 때가 있는 법이다. 교사들은 서로를 힐끔거리며 다행이라는 듯이 긴장을 풀었다. 하필이면 중간에 선 명준 또한 긴장을 풀었다. 그러나 교장이 손을 번쩍 들자, 이내 화들짝 놀라며 움츠렸다.

"허허, 누가 보면 때리는 줄 알겠습니다."

교장은 경직된 명준의 어깨를 몇번 주물렀다. 평소에 이럴 사람이 아닌데? 사람이 바뀐 것 같았다. 명준이 기억하는 이사장은 절대 웃음을 보이는 사람이 아니었다. 또 눈빛! 영인고등학교의 교사들은 그들끼리만 있을 때 교장을 칭하는 단어가 있었다. 바로 '수리 부엉이'. 사람도 아닌 맹금류의 한 종류로 불리는 교장의 눈빛은 마치 어두컴컴한 새벽에 나뭇가지 위에서 목을 270도 돌리며 묵묵히 지켜보고 있는 수리 부엉이를 연상케 했다. 그 눈빛은 교사들을 미치게 했다. 무언가 빨려 들어갈 것만 같았다.

하지만 그 눈빛이 보이지 않았다. 명준은 이상했다. 사람이 바뀌었다. 분명 교장인데, 뭔가 달라졌다. 여행은 거짓말이고 심리치료라도 받고 온 건가? 명준은 물론이고 다른 교사들도 다 같은 생각이었다.

"교장 선생님, 저희는 무슨 일로….."

"아, 다름이 아니라요. 일단 앉아서 얘기합시다."

교장은 여전히 인자한 미소를 띤 채 교사들을 소파로 안내했다.

모두 소파에 앉고, 교장은 책 한 꾸러미를 들고 와 테이블 위에 놓았다. 온통 논어책이었다. 교사들은 멀뚱멀뚱 교장을 바라보았다.

"일주일 동안 중국에 여행을 다녀왔는데, 공자의 고향으로 유명한 곳이더군요. 그곳에서 많이 배우고 왔습니다. 그러면서 든 생각인데…. 이 공자! 공자의 말을 엮어 만든 〈논어〉를 잘 활용해 학생들에게 도움이 되는 다양한 활동을 만들었으면 좋겠다는 생각이 들더군요."

교장은 책 한 권을 들어 페이지를 요란하게 넘기며 어딘가를 찾고 있었다. 명준은 너무나도 묵직한 무언가가 빠르게 명준을 스치고 지나간 느낌이 들었다. 내가 뭘 들은 거지? 논어?

"자, 이 부분입니다. 공자가 말했다. "나는 열다섯 살에 배움에 뜻을 두었고, 서른에 독립하였고, 마흔에 유혹에 넘어가지 않게 되었고, 쉰에 천명을 알았고, 예순에 남의 말이 귀에 거슬리지 않았고, 일흔에 내 마음대로 해도 법도에 벗어나지 않았다.""

어느새 양 손에 책을 꽉 쥔 교장은 큰 소리로 또박또박 구절을 읽었다.

"공자가 배움에 뜻을 두지 않았다면 지금같이 위대한 인물로 남지는 않았을 겁니다. 어릴 적부터 자신의 인생 방향을 잡는 것이 중요한데, 학기 초 전교생의 진로희망조사서를 보니 1학년 학생들은 물론 2학년 학생들까지 칸이 비어져 있는 게 조금 많이 보이더군요?"

부엉이의 눈빛이 다시 살아났다. 몇몇 담임 교사들은 고개를 푹 숙였다.

"말했듯이, 공자가 일흔에 내 마음대로 해도 법도에 벗어나지 않았다는 뜻은 인격수양이 이미 높은 경지에 올라 특별히 노력하지 않아도 법도에 딱 들어맞는 것을 말하지요. 우리 선생님들의 목표가 뭡니까? 공부를 가르치고 생활태도 등 아이들을 성장시키는 것이지 않습니까. 그런데도 꿈이 없는 학생들이 말이 됩니까? …… 제가 동아리 담당 교사만 부른 이유는, 수업시간은 교과 진도를 나가야 하니까, 그래서 논어 동아리를 만들면 좋겠는데…."

교장은 말끝을 흐리며 일렬로 앉아 있는 교사들을 하나하나 보기 시작했다. 마치 진열대에 놓인 상품을 고르는 것처럼.

"의견 있으신가요?"

"논어니까 독서부는 어떨까요?"

영어 동아리 담당 교사인 경민이 대수롭지 않은 듯 얘기했다. 독서부 담당 교사인 다슬이 경민을 무섭게 째려보았다.

"이왕이면 전교생을 대상으로 하고 싶은데…."

"그럼 연극부… 어때요?"

명준이 뭔가 생각난 듯 적극적으로 나서며 말했다.

"연극부요?"

"전 교장 선생님의 의견을 적극적으로 지지합니다!"

명준은 벌떡 일어나며 소리쳤다. 주변 교사들은 모두 명준을 황당하게 쳐다보았다. 명준은 자신에게 조금 화가 났다. 왜, 진작에 이런 생각을 못 했을까.

"공자와 〈논어〉책에 나온 구절을 가지고 연극을 축제 때 하면, 전교생 한테도 영향이 갈 것입니다. 솔직히 어른들한테도 〈논어〉가 가볍게 느껴지는 수준은 아닌데 아이들은 오죽 하겠냐구요. 연극이면 학생들에게도 조금 더 재미있고 편하게 다가올 것 같습니다."

그 순간, 명준은 특정 아이돌 그룹에 대해 설명하라고 시켰을 때, 흥분하며 쉴새없이 입을 움직이는 10대 소녀팬 같았다. 이대로 다시 굳게 닫힐 것만 같았던 문이 드디어 틈이 보이기 시작했다. 교장의 환한 미소가 보였다.

"서선생은 논어랑 연관이 있나 봐요? 이렇게 적극적으로 나설 줄이야."

"제가 논어와 인연이 조금 진하거든요."

"흥미롭네요."

그렇게 연극 동아리가 만들어지고, 며칠 뒤 명준이 연극부 담당 교사로 결정된 것이다. 교장은 논어책을 도서관에 대량으로 구비해두었다.

"서선생, 그때 왜 그런 거야?"

"그래, 아무리 그래도 그렇지. 교장한테 잘 보이려는 건 알겠는데! 그건 아니지."

그 후에도 몇몇 교사들은 명준을 찾아왔다. 그때마다 명준은 차분하게 말했다.

"선생님들도 한번 읽어 보세요. 정말 배울 게 많은 책이에요."

"아니, 그 논어가 뭐라고 이래!"

"교장 선생님 마음에 들고 싶어서 그런 거 아니고요, 논어를 더 알리고 싶어요. 선생님들 봐서라도요!"

명준은 눈을 부릅뜨고 소리를 확 질렀다. 그때마다 교사들은 움찔하며 돌아가곤 했다.

—

그렇게 동아리 첫 날, 학생들은 동아리를 고르기 위해 복도는 왁자지껄했다. 명준은 신나서 이리저리 살피고 다니는 학생들을 보았다. 물론 학생들의 입장에서 연극 동아리는 그다지 하기 싫은 동아리는 아니었다. 하지만 논어에 대한 소문이 몇몇 학생들에게 이미 퍼진 것을 모른 명준은 색다른 동아리가 너무 많아서인지, 연극 동아리에는 그 어떤 학생도 들어오지 않는 것이라고 생각했다.

명준 또한 생각하지 않은 것은 아니다. 논어라니. 학생들 입장이 이해가가긴 했다. 동아리 정원은 최소 5명이 되어야 하는데, 연극부는 신설 동아리라서 추가로 들어올 학생도 없다. 명준은 많은 인원을 바라지도 않았다. 최소 인원 5명만 채우자. 딱 그거 뿐이었다. 무슨 수를 써서라도 5명을 채우리.

그때 한 학생이 들어왔다. 동아리가 시작된 지 30분이 넘도록 굳게 닫힌 문이 드디어 열렸다. 연극을 잘할 것 같아 보이진 않은 학생이었다. 연기는커녕 암기만 하고 사는 전형적인 공부벌레 스타일이었다. 명준의 예상이 맞았다. 이름은 김해철, 2학년에선 꽤나 공부 잘하기로 소문난 학생이다. 머리가 어지러울 듯하게 두꺼운 안경과 한 손에 쥔 영어단어책, 그리고 날카로운 인상, 심하게 마른 체구. 명준은 해철의 반을 가르치지 않

아서 이번에 처음 봤지만 해철은 정말 흔하게 생긴 얼굴이었다.

"연극 동아리 신청하려고 왔니?"

명준이 조심스럽게 묻자, 해철은 움찔하며 칠판을 홱 돌아보았다. 칠판에는 굵은 글씨로 '연극 동아리'라고 적혀 있었다. 해철은 당황한 듯 고개를 절레절레 젓더니, 이내 나가려고 했다.

"영어 미디어 동아리로 봤어요. 죄송해요."

"잠깐, 미디어 동아리 들으려고?"

그럼 그렇지, 명준도 어느 정도 납득이 갔다. 연극 동아리에 사람이 올리가 없지, 그렇지만 어떻게 온 귀한 손님을 바보같이 놓칠 수는 없었다. 명준은 과거 길거리에서 사람을 전도했던 그 순간을 생각해서 학생을 다시 잡기 시작했다. 어쩌면 설득 시킬 수 있을 것만 같았다.

"네."

"여기서도 충분히 할 수 있어."

"거기서도 할 수 있는데요."

해철은 안경을 추켜올리며 날카롭게 말했다. 명준과 학생의 대화는 마치 뚫리지 않는 방패와 뚫으려는 창 같았다. 미묘한 신경전이 흘렀다. 명준은 고등학생을 상대로 말다툼하는 자신이 조금은 유치해 보였다.

"네 이름이 뭐지?"

"해철이요."

"해철이. 그럼 진로는?"

해철은 조금 머뭇거리더니 이내 조심스럽게 말했다.

"기자요."

"연극 동아리로 들어오면, 해철이 네가 기자가 되는데 아주 큰 도움을 줄 거야."

"왜죠?"

"우선 연극 동아리는… 연기하려면 캐릭터를 해석해야 하는데, 그 캐릭터에 대해 완전한 정보를 알아야 하지. 네가 연극 동아리를 들으면, 정보를 수집하는 능력이 조금이라도 늘거야. 그리고…."

"그리고요?"

"너의 고민을 내가 해결해 줄게."

"할게요, 그럼."

명준은 설득에 성공했다. 의외로 명준은 묘하게 설득력이 있었다! 명준은 너무 기뻐서 해철을 꼭 끌어안았다. 한편으론 불쌍한 마음도 조금 들긴 했지만. 해철은 불쾌하다는 듯이 명준을 밀쳤다.

"하지 마시죠?"

"으응… 미안하다. 너무 기뻐서."

그때였다. 문이 다시 드르륵 하고 열렸다.

"저… 안녕하세요."

"지성이니?"

1반 윤지성. 지성은 명준이 가장 잘 아는 학생이다. 그 이유는 지성이 명준을 계속해서 따라다녔기 때문이다. 제자로서, 지성은 명준을 너무나

좋아했다. 누군가가 가장 존경하는 사람이 누구냐고 지성에게 묻는다면, 지성은 부모님, 세종대왕, 그리고 명준을 꼽을 정도로 명준을 존경하고 자신의 위상이라고 생각했다.

"저 선생님 따라 들어왔어요."

"잘 생각했다!"

명준은 그런 지성이 부담스럽기만 했지만, 어느 순간부터 익숙해져 있었다. 그런데 지성은 동아리까지 명준을 따라 들어온 것이다. 명준은 잊고 있던 지성에게 감격한 나머지 해철과 지성을 동시에 다시 끌어안았다.

"너의 의사가 가장 중요해. 강요는 하지 않아."

"예전부터 연기를 해 보고 싶었어요."

지성은 너무나도 해맑게 말했다. 명준은 그런 지성이 기특했다.

드르륵!

문이 또 열렸다. 이번엔 덩치가 상당히 큰 학생이었다. 그 뒤엔 몇 명 더 있었다. 명준은 생각지 못한 인원에 감동을 넘어서 뭔가 의심이 들었다.

덩치 큰 학생은 머뭇거리며 들어왔다. 그 뒤에 친구들은 그런 학생을 보며 크게 웃었다.

"어… 동아리 들거니?"

"… 네."

덩치 큰 학생의 이름은 신봉태. 봉태는 아주 조그맣게 입을 열었다. 고개를 푹 숙인 채 가만히 있었다. 그러자 봉태의 친구들로 보이는 학생 여럿이 크게 웃었다.

"쟤 배우가 꿈이래요."

"정말?"

웃음소리가 전보다 더 크게 들렸다.

봉태의 얼굴엔 땀방울이 송골송골 맺혀 있었다. 봉태의 상태는 마치 얼음을 가득 담은 유리컵 표면에 맺힌 물기같이, 한번 툭 건드리면 바로 흘러내릴 듯 일렁댔다.

"이름이 뭔지 알려줄래?"

"신봉태요…."

아무리 봐도 뒤에 있는 학생들은 봉태의 친구들로 보이지 않았다. 하지만 이것은 순전히 명준의 추측일 뿐, 섣불리 행동할 수 없었다.

명준이 봉태의 이름을 적는 것을 확인하자, 학생들은 다시 한번 푸하하 웃으며 나갔다. 교실은 순식간에 분위기가 싸해졌다. 그 와중에 해철은 주위에 무슨 일이 벌어지고 있는지 신경 쓰긴커녕 단어장을 눈앞에 가져다 대고 암기에 집중할 뿐이었다.

그렇게 모여진 인원은 해철과 지성, 봉태까지 총 세 명이다.

학생들이 간 이후, 명준은 깊은 생각에 빠졌다. 봉태가 괴롭힘을 받고 있는 것은 아닌지, 강제로 연극 동아리에 신청한 것이 아닌지, 다른 교사에 비해 학생들과 나이 차이가 많이 나지 않는 명준은 봉태가 괴롭힘을 받고 있는다는 사실을 눈치챌 수 있었다. 진짜 친해서 나오는 행동이 절대 아니였기 때문이다. 당연히 친구사이여도 무례한 행동이었다.

"봉태야, 억지로 신청할 필요는 없어. 네 결정이 제일 중요해."

명준은 봉태에게 조심스럽게 다가가 말했다.

"아니에요, 선생님. 전 연극 동아리를 찾아온 거예요."

명준은 알 수 있었다. 봉태가 정말 원해서 온 것이라는 걸. 명준은 그런 봉태가 기특했다.

그렇게 해철, 지성, 그리고 봉태까지 연극 동아리에 모였다. 이제 두 명만 더 구하면 됐다. 지금 이 멤버들도 나쁘지 않았지만, 명준까지 포함한 4명은 연극을 하기에 너무 적은 인원이었다.

"선생님, 저희밖에 없어요?"

지성은 명준에게 다가와 밀했다.

"음… 동아리가 아직 없는 학생을 조금 알아봐야겠다."

명준은 교무실에 가서 아직 동아리에 들어가지 못한 학생들을 찾아볼 참이었다. 명준은 학생들에게 잠시 있으라고 한 뒤, 복도로 나왔다. 그때 마침 한 학생이 눈에 들어왔다. 텅 빈 복도에 홀로 표정이 굳은 채 방황하고 있었다. 동아리가 아직 없구나 라고 어렴풋이 짐작 할 수 있었다.

"동아리 아직 못 구했니?"

"네?"

그 학생은 동아리 자리가 남는다는 명준의 말에 밝게 웃으며 명준의 뒤를 따라왔다. 명준은 그 학생을 알고 있었다.

학생의 이름은 유선호. 작년에 선호의 반에서 통합과학을 가르쳤기 때문에 선호에 대해 대충 알고는 있었다. 하지만 명준은 선호가 당연히 미술 동아리를 할 줄 알았다. 선호가 그림을 잘 그리는 사실은 이미 모든 교사가 알고 있기 때문이다.

  '미술 동아리 인원이 초과되었나?' 싶었지만, 선호는 작년에 미술 동아리를 다시 들어갈 수 있었다.

  "다시 미술 동아리로 안 가고?"

  혹시나 가려던 길을 막는 것은 아닌가라는 생각에, 명준은 선호에게 조심스럽게 말을 꺼냈다. 그때 선호는 어떤 표정을 지었는지, 명준은 제대로 보지 못했다.

  "음… 네. 인원이 너무 많대요. 그래서… 한번 다른 동아리도 해 보려고요."

  '다시 들어갈 수 있을 텐데?'

  명준은 조금 이상하다는 생각이 들었지만, 나중에 다시 생각하기로 했다.

  나간 지 몇 분도 채 안 되서 다시 들어오자, 교실 안의 학생들은 의아하다는 듯이 명준을 쳐다보았다.

한편 스포츠 동아리에 들은 줄만 알았던 석태는 다시 선호를 찾고 있었다. 교실로 들어가는 선호와 명준을 보자마자 석태는 빠른 속도로 달려갔다.

"야! 너 미술 동아리 안 들었어?"

느닷없는 석태의 등장에 당황한 선호는 고개를 끄덕였다.

"왜?"

"너 거기 들은 줄 알고 나도 갔다가 너 없더만."

이 상황을 가만히 지켜보던 명준은 선호에 대한 의문이 조금 더 커졌다. 분명히 무언가가 있는데….

"저, 선생님… 혹시 저도 그 동아리 들을 수 있나요?"

석태가 머리를 긁적이며 말했다.

"인원이 딱 한 명 남긴 했는데…."

"그럼 저 할게요."

명준은 석태까지 합해서 5명을 채웠다는 생각에 기분이 좋았다. 아무도 들어오지 않을 것만 같았던 연극 동아리에 5명씩이나 들어왔다! 명준은 너무 기쁜 나머지 춤이라도 출 수 있을 것만 같았다.

갑작스러운 선호와 석태의 등장에 당황스럽긴 했지만, 동아리 부원 찾기는 그렇게 해철, 지성, 봉태, 선호, 석태 이렇게 다섯 명으로 끝이 났다. 마침 시간도 정확하게 끊겼다. 각자 사연이 많아 보이는 아이들이지만, 명준은 나쁘지 않았다. 이 서명준이 맡은 연극 동아리에서, 연기 실력뿐만 아니라 내적으로도 성장시켜 주겠다고, 다짐하고 또 다짐했다.

공부에 지친 아이들이 쉬어갈 수 있는 곳

성적에 맞춰가는 진로형 동아리가 아닌 꿈을 찾는 곳

행복해질 수 있는 곳

그런 곳이 연극 동아리였으면 좋겠다는 생각을 했다.

3. 연극 동아리

텅 비었던 교실에, 각자의 개성이 뚜렷한 아이들 5명이 동그랗게 책상을 모아 앉아 있다. 그 앞엔 과학 교사 명준이 서 있다. 이 여섯 명은 지금 아무 말도 하지 않고 있다.

"우선 이곳은 연극 동아리다. 이번에 새롭게 만들어졌어."

명준은 교탁으로 가서 칠판에 또박또박하게 적힌 '연극 동아리'를 가리키며 말했다. 동아리 이름도 모르고 들어온 선호와 석태는 아차 싶었다. 과학 선생님이라 안심했던 것일까. 하필이면 제일 피하고 싶었던 연극 동아리라니. 하지만 이제 와서 나갈 수도 없었다. 선호와 석태는 서로 눈빛을 주고 받으며 어쩔 줄을 몰라했다.

"연극부의 특성상 축제 때 공연을 해야 하는데, 한 학기 동안 열심히 준비해 보자."

"주제는 저희가 정하는 건가요?"

"음… 아니. 주제는 정해져 있어. 논어를 주제로, 대본도 짜야 하고 역할 분배도 해야 해."

"논어요?!"

학생들은 너무나도 뜬금없게 등장한 논어에 황당해했다. 다들 그것이 무엇인지 자세히는 몰랐지만, 논어는 보통 고등학생이 즐겨 읽을 만한 책이 아니였고, 논어 하면 떠오르는 공자 또한 학생들이 아니라 학자들이 더 자세히 알만한 인물이었기 때문이다. 모두 예상한 반응이었기에, 명준은 침착하고 마음을 가라앉혔다. 학교에서 연극부를 가장 지켜보고 있다는 사실까지 굳이 꺼내 아이들에게 부담을 주기 싫었다. 가뜩이나 연극부의 아이들 모두 진심으로 연극이 좋아서 들어온 아이들이 아니기 때문이었다.

영인고등학교 연극부의 진짜 목적은 '논어'였다. 동아리 부원을 구하는 일은 일도 아니었다. 고작 작은 언덕 하나를 큰 산으로 착각한 것이다. 아무도 논어에 대해 몰랐다. 명준은 논어를 읽으며 공자와 제자들의 캐릭터 해석을 가르칠 예정이었다. 하지만 논어에 대해 아무것도 모르는 상태에서 더욱 반발만 심해질 뿐이었다. 고심한 끝에 명준은 먼저 흥미를 올려야겠다는 생각을 먼저 하고, 학생들에게 숙제 하나를 남겼다. 그것은 바로 논어 또는 공자에 대해서 알아오기. 숙제 검사는 각자 한 사람씩 발표하는 것. 물론 학생들은 황당해했다.

"연기를 하기 전엔 나는 먼저 너희가 기본적으로 마음을 가다듬었으면 좋겠다는 생각이 든다. 정신수련도 할 겸, 집에서 읽고 와 봐."

도서실에서 먼지만 날리던 새 논어책들을 명준은 양손 가득히 든 채로 말했다.

그리고 오늘, 지금 이 순간이 대망의 숙제검사 날이다.

"우선… 이 방향으로 갈까? 해철이부터 하는 걸로 하자. 각자 '논어'에 대해 한 가지씩 말하는 거다. 자신의 생각도 괜찮아."

명준은 손가락을 들어 오른쪽 방향으로 원을 그렸다. 사실, 우등생 해철을 어느 정도 신뢰했기 때문에 먼저 시킨 것도 있었다.

"우선, '논어'는 책이에요. 2500년 전에 살았던 공자가 제자들의 질문에 답하고 제자와 더불어 토론한 내용을 기록한 것을 후대의 사람들이 모아서 책으로 만든 것이죠."

해철은 안경을 다시 치켜 올리며 말했다. 말하는 것도 귀찮다는 듯한 태도로 말이다.

"음, 맞아. '논어'는 '말을 편집했다'라는 뜻이다. 논어는 누군가가 쓴 책이 아니라는 말이다. 쓴 게 아니라 모아서 펴낸 책이라는 말이지."

명준은 고개를 끄덕이며 추가 설명을 했다. 사실 명준도 집에서 논어에 대해 알아오느라 밤을 꼬박 새곤 했다.

"다음, 봉태!"

"공자는 키가 9척 6촌에 달했다고 합니다."

봉태는 수줍어하며 말했다.

"그럼 몇 센티야?"

지성이 호기심을 보이며 물었다.

2m 16cm

"2미터 16센티."

자신의 차례가 끝나 영어 단어장을 보며 중얼거리던 해철이 조용히 대답했다. 교실 안의 모든 학생들은 물론 명준 또한 놀랐다.

"그럼 얘보다 훨씬 큰 거야? 아니, 서장훈보다 커!"

석태가 봉태를 가리키며 자리에서 일어났다.

"공자의 아버지 숙량흘 또한 체구가 거대했다고 알려져 있지. 다음!"

"공자의 본명은 공구래요."

지성은 재빠르게 말을 마쳤다.

"공자의 고향은 중국 산둥성 곡부라고 해요."

지성의 옆에 앉은 석태가 이어서 말을 했다.

마지막은 선호의 차례였다. 고개를 들어보니 모든 시선이 선호에게로 쏠려 있었다. 다른 애들이 발표할 땐 여유로워 보였는데, 고작 말 한마디 하는 것인데도 긴장되었다.

"제가 책을 읽어 봤는데, '논어'의 내용은 대부분 도덕적이고 이성적으로 쓰여서… 사실 이해가 잘 가지 않았어요."

모든 순서가 끝나자, 명준은 기특하다는 듯이 학생들을 바라보았다. 선호의 말대로 이해가 안 되고 받아들이기에 벅찬 것은 당연했다. '논어'를 들고 동아리를 나가고 싶어할 법도 한데, 숙제까지 완벽하게 해온 모습에 다시 한번 아이들을 보게 되었다.

"논어가 성경이랑 비슷한가요?"

석태가 손을 들며 질문했다.

"기독교 성경이 서양인들이 읽는 대표적인 고전이라면, 논어는 동아시아인들의 대표적인 고전이라고 할 수 있지."

"논어는 너희가 쉽게 읽을 만한 책도 아니고, 입시공부에 매달려 다른 것에, 특히나 논어같이 어려운 고전은 취미로 읽기엔 무리가 있지. 시험에 논어가 나오는 것도 아니고 말이야. 너희들이 이해가 간다. 하지만 난 그런 너희들에게 논어를 읽으라고 권장하고 싶어. 연극부 뿐만 아니라 모든 학생들에게. 내가 논어책을 처음 읽게 된 나이도 고등학교 2학년 때야. 그땐 그냥 허세로 읽었는데, 계속 읽게 되면서 지금 이렇게 교사가 되었어. 논어를 통해 우리 조상들의 삶이나 사고방식을 이해할 수 있고, 무언가를 얻어갈 수도 있어. 너희들은 아직 청소년이고, 많이 배워야 해. 또 다른 것을 발견할 가능성이 크다는 소리지. 고등학교 2학년인데, 다들 진로는 정했지? 원래 찾았던 진로가 네것이 아니었을 수도 있고, 다른 길을 찾을 수 있지. 논어를 읽으며 인생의 방향이 바뀔 수도 있다는 뜻이야.”

거의 일주일 동안 밤을 새며 논어에 대해 공부한 명준은 뿌듯함을 느꼈다. 이렇게까지 말했으니 논어를 읽고 싶은 마음이 생기겠지. 명준은 아이들의 눈빛을 하나하나 관찰했다. 눈을 보면 그 사람의 진심이 보였기 때문이다. 하지만 아이들의 눈빛은 흔들렸다. 심지어 냉철해 보였던 해철조차도. 명준은 아이들에게 꿈이 없는 것이 아닌가 라는 생각이 들었다. 어쩌면 어떠한 것에 흥미가 없는 건가? 원래의 방향조차 몰라 방황하고 있는 것은 아닌지. 명준은 또 깊은 고민에 빠졌다.

“오늘은 그럼 여기까지만 하고, 다음 수업부턴 본격적으로 역할을 정해 보자. 각자 맡고 싶은 역할이 있다면 생각해 오고, 구체적인 내용도 짜 보는 걸로 하자. 이번 주의 숙제다.”

4. 우리들의 이야기

해철

해철은 쉬는 시간에도 손에서 교과서 놓지 않는다. 쉬는 시간은 물론이고 점심시간, 집에 가는 버스에도 항상 공부만 한다. 공부를 못하는 것이 도리어 이상했다.

하루 종일 교과서 지문을 읽고, 단어를 외우고 문제를 풀면 아무리 공부벌레라도 힘든 건 사실이다. 해철 또한 힘들었다. 힘들지만 이 악물고 할 수밖에 없었다. 이렇게 악착같이 공부해서 좋은 대학에 가야 하기 때문이다. 좋은 대학에 가서 대기업에 취업을 해야 했다. 최종 목표는 '돈'. 기자가 되고 싶다는 생각은 제일 마지막까지 밀어놓았다.

'내 삶은 내가 책임져야 해.'

해철은 재능이 없다. 잘하는 것이라면 노력. 성적이 좋은 것은 그 노력

뒤에 따라오는 당연한 것이었다. 공부 잘하는 것이 해철에겐 자랑거리가 아닌 것이다. 하지만 공부밖에 떠오르지 않았다. 다른 생각을 하는 것 자체가 사치였기 때문이다.

집으로 가는 버스에서, 해철은 버스 안의 사람들을 보며 생각에 잠기곤 했다. 별의별 사람들이 다 있었다. 그 사람이 누구든지 자신보단 더 나아 보였다. 사람들이 모두 내려도, 해철은 계속해서 앉아 있었다. 도착하려면 몇 정거장은 더 가야 했기 때문이다.

"형 왔어?"
늦은 밤이 되서야 정류장에 도착한 해철은 한참 더 걸어서 집에 도착했다. 늦은 밤까지 해철을 기다린 해철의 동생들은 문이 열리는 소리가 들리자 쏜살같이 달려 해철에게 안겼다.
해철은 그런 동생들을 말없이 안아 주었다.
동생들을 재우고 씻으니 어느덧 시계는 12시를 가리켰다. 숙제는 끝냈지만, 공부를 더 해야 했다. 해철이 자기엔 너무나도 이른 시간이었다.
'힘들다……'

가방을 뒤적거리던 해철은 논어책을 발견했다.

숙제: 연극 맡고 싶은 역할 + 아이디어 떠올려오기

맞다. 동아리 숙제도 있었지. 해철은 불만이 가득했다. 명준의 오랜 설득 끝에 연극부에 들어간 해철이었지만, 괜히 선생님에게 밉보여 봤자 자신만 손해라고 생각해 하기 싫은 연극부에 들었는데 논어에 공자에, 숙제까지 해야 했다.

싫었지만, 한편으로는 편안했다. 깊게 생각도 안 해 봤던 과학 선생에게 자신의 진짜 꿈까지 말해 버렸다. 아무한테도 말하지 않았던 것인데, 도대체 왜?

해철은 논어책을 들어 아무페이지나 펼쳤다.

공자가 말했다. "나를 제대로 알아 주는 사람이 없구나." 그 말을 듣고 자공이 말했다. "어째서 선생님을 제대로 알아 주는 사람이 없습니까?" 그러자 공자가 말했다. "나는 내 처지가 어렵다고 하늘을 원망하지도 않았고 남을 탓하지도 않으면서, 작고 보잘것없는 일부터 차근차근 하나씩 배워서 점차 심오한 진리를 깨닫는 높은 수준까지 올랐으니, 나를 제대로 아는 자는 하늘뿐이겠지."

그때부터였을까. 해철은 인터넷에 '공자'를 검색했다. 그래 봤자 예수처럼 하느님의 아들로 태어났거나, 석가처럼 왕자로 태어났을 게 분명했다. 정말 처음부터 어려웠다면 과연 이 말을 했을까? 해철은 화가 났다.

하지만 해철은 검색 결과를 보고 깜짝 놀랐다. 공자가 자신과 비슷했기 때문이다.

일흔 살이 넘은 무사 출신의 아버지와 젊은 어머니 사이에서 태어났고, 공자가 세 살이 되자마자 아버지는 돌아가셨다. 홀어머니 밑에서 가난하게 자란 공자는 17 살에 어머니마저 여의게 된다.

비슷비슷하게 생긴 지붕 아래, 단 한 집만의 불이 켜져 있다. 그 스탠 드는 낡아서 몇번이고 깜빡거렸지만, 해철은 아무런 상관도 하지 않았다. 조그만 방 하나에 동생 둘과 같이 살고 있는 해철은 무언가에 이끌린 듯이 마우스를 계속 드래그 했다.

하지만 해철은 공부를 더 해야 했다. 논어의 구절에 흥미가 생기긴 했지 만, 여유가 없었다.

지성

    한편 해철과 같은 반인 지성은 늘 해철과 친해지고 싶었다. 공부를 잘해서일까, 지성의 주위엔 늘 친구들로 붐볐다. 하지만 공부 잘하는 친구들은 그런 지성과 지성의 친구들이 너무 시끄럽다며 친해지기를 꺼려했다.

    연극 동아리에서 공부를 가장 잘하는 학생은 해철이었지만, 가장 열심히 하는 학생으론 지성 또한 해철 못지 않게 열심히 했다.

    지성은 공부를 완전히 놓았던 중학교 시절과 다르게 고등학교에 올라오고 나선 공부를 열심히 했다. 하지만 성적은 오르지 않았다. 분명 노력을 했는데 성과는 없었다. 지성은 자신이 머리가 나쁘다는 것을 알고 있었다. 그렇지만 공부를 해도, 완벽하게 이해를 했는데도 성적에는 변화가 없었다. 떨어지는 경우는 있어도 점수가 크게 오르지 않았다. 그렇다고 성적이 조금이라도 올랐다고 할 수도 없었다. 기껏해 봐야 1점, 2점, 크게 오르면 5점까지. 그 이상으로 오른 적은 단 한순간도 없었다.

지성의 가장 큰 문제는 바로 꿈이 없다는 것이다. 지성이 공부를 열심히 하는 이유가 바로 꿈이 없어서다. 하고 싶은 것을 모르니 일단 성적이라도 좋게 받으려 했지만, 노력에 비해 욕심이 과했던 것일까.

지성 또한 명준이 내준 숙제를 하기 위해 논어책을 폈다. 하지만 아무 것도 이해가 가지 않았다. 지성은 계속해서 페이지를 넘겼다. 바로 그때 한 구절이 지성을 이끌었다.

공자가 안연을 두고 말했다. "안타깝구나! 나는 그가 진보하는 것만 보았고 멈추는 것을 못 보았다."
이 말은 공자가 가장 아끼던 제자 안연이 서른두 살의 젊은 나이에 죽었을 때 공자가 애석하게 여기면서 한 말이다. 안연이 죽었을 때, 공자는 "아, 슬프다! 하늘이 나를 버렸구나! 하늘이 나를 버렸구나!"라고 하면서 하늘이 무너진 듯 한탄했다. 안연은 공자가 무척 아끼고 사랑한 제자였기 때문이다.
그렇다면 공자가 안연을 아낀 이유는 무엇이라고 생각하는가? 이유야 많겠지만 안연의 학문이 계속해서 진보한다는 점 때문이다. 안연의 학문은 머물러 있지 않고 계속해서 진보했는데, 어떤 스승이 제자의 진보를 싫어하겠는가?
또한 공자가 안연을 아낀 이유는 그가 배우기를 좋아한다는 점이다. 배우기를 좋아해야 진보가 가능하다.

안연은 집안이 찢어지게 가난했다. 그럼에도 불구하고 오로지 연구와 덕을 수양하는 것에만 전념하여, 공자가 가장 사랑하는 제자가 되었다.

지성은 집중해서 오랫동안 그 페이지에 머물렀다. 마치 자신을 위한 일종의 메시지 같았다. 큰 돌덩이가 지성의 심장에 쿵 내려 앉은 것 같았다. 그러면서 자신은 공부를 할 때 애초에 흥미가 있었는지, 공부에 재미를 느꼈는지 곰곰이 생각해 보았다.

지성은 공자가 그렇게 아낀 제자 안연에 대해 흥미가 생겼다.

지성은 안연에 대해서 알아가야겠다고 마음을 먹었다. 안연 뿐만 아니라, 뛰어난 제자의 스승 공자는 얼마나 더 뛰어난 인물인지, 궁금해졌다.

'나한테 딱 충고해 줄 만한 구절은 없을까?'

지성은 목차로 돌아가 '배움' 차례를 보았다. 그때 지성은 멈칫했다.

"이게 무슨 말이지?"

지성은 구절을 읽었다.

공자가 말했다. "옛것을 설명하여 전하기만 할 뿐 창작하지 않았으며, 믿고 옛것을 좋아함을 가만히 우리 노팽에게 비유하노라.

지성은 도무지 이해가 안 갔다. 말 자체가 이상했다. 분명 한글로 적힌 글인데도 말이다.

'선생님께 물어봐야겠어.'

지성은 스스로 놀랐다. 한번도 공부에 관해 궁금한 것을 선생님께 물어보지 않았었는데, 처음으로 배움에 호기심, 흥미가 생겼다. 선생님께 물어보려고까지 하다니.

"선생님!"

"불렀니?"

원래도 교무실에 자주 들락날락거리던 지성이었기 때문에, 명준은 그러려니 하고 지성을 반겨 주었다. 하지만 지성의 손에 들려 있는 논어책을 보고 놀랐다.

"책 읽고 있구나. 정말 좋은 자세야."

"이해 안 가는 부분이 있어서요. 여쭈어 봐도 될까요?"

"그럼, 당연하지. 어디 한번 볼까?"

지성은 껴두었던 책갈피를 빼내 페이지를 명준에게 보여 주었다. 명준은 곰곰이 생각했다. 이 구절을 그대로 해석하면 역사까지 모두 설명해야 하는데, 안그래도 이해를 못하는 지성을 더 혼란스럽게 만들 수 있었다. 그렇다면 어떻게 해야 하지?

"왜 하필 이 구절이지? 뭔가 이유가 있는 거야?"

"그게… 공부해도 성적이 안 오르는 게 고민이었는데, 기초를 잡아줘야 성적이 오른다는 제목을 보고 들어왔는데 이 구절이 있어서요."

"온고지신이라는 한자성어를 아니? 옛것을 익혀 새것을 안다는 뜻이야. 이 구절이 지성이 너에게 말하고자 하는 것은, 새로운 것을 배우는 것만 배움이라고 생각하면 안 된다는 뜻이야. 앞으로 네가 배울 것은 많지만, 이미 배운 것도 중요하지. 네가 성적이 오르지 않는 이유는 기초가 부족한 데 그 위에 계속 무언가를 쌓아서 그런 것이 아닐까 싶네. 지금 아무리 고등학교 수학에 뛰어나도 결국 수학은 초등 학생 때 배우는 사칙연산에서 답이 갈리잖니? 기초가 중요하다."

지성은 멍하니 명준을 쳐다보았다. 많은 생각이 들었다. 지성은 조금씩 변화를 눈치 못 챘다. 아직 확실히 무언가를 하고 싶다는 생각이 없는데도, 지금은 배우는 것 자체에 흥미가 생기기 시작한 것이다.

"지성이 네가 질문하러 오는 것은 처음 보는데, 난 정말 마음에 들어."

"뭐 대단한 것도 아닌데요….."

"공자는 제자에게 이런 말씀을 하셨어. 아는 것을 안다고 하고 모르는 것을 모른다고 하는 것이 참으로 아는 것이라고. 진보는 여기서 출발한다."

지성은 미소를 띄었다.

봉태

"…… 야!"

북 소리가 울렸다. 둥둥거리는 조그만 북 소리는 깃털이 손을 부드럽게 쓰다듬으며 봉태를 간지럽혔다. 간지러우면서도 감정이 조금씩 들뜨기 시작했다. 끝도 없는 계단을 올라가며 그 끝엔 무엇이 있을지, 궁금하면서도 설레며 불안했다. 그 사이에 북소리는 점점 커지기 시작했다. 그 진동에 흙속에 박혀 있던 많은 바위들이 옹달샘 위로 떨어졌다. 누구 하나 건들이지 않은 순수하고 깨끗한 옹달샘 위로. 떨어진 바위를 중심으로 수면에 파동이 일어나기 시작했다.

"이번 시간에는 파동에 대해서 배울 거다. 잔잔한 호수에 돌을 던지면 돌이 던져진 자리를 중심으로 원형 고리 모양의 물결이 가장 자리로 퍼져나가지? 이렇게 진동이 사방으로 널리 퍼지는 것을 파동이라 한다."

"야!"

"신봉태!"

정신 차리고 보니 북은 난도질이 되어 형체를 알아볼 수가 없었다. 모든 돌덩이들은 가라앉고, 칠판에 빼곡히 무언가를 적고 있는 물리 교사만이 수면 위로 떠오를 뿐이었다. 봉태의 뒷자리에 앉은 순혁이 봉태를 계속해서 부르고 있었다. 봉태는 온몸이 경직되는 듯한 느낌이 들었다.

"… 왜?"

"동아리 어때? 재밌어?"

순혁은 속삭이며 물었다.

"어… 뭐…. 아니."

"그래가지고 배우 하겠어?"

순혁은 봉태를 비웃었다. 봉태는 사실 배우가 되고 싶었기 때문이다.

배우를 꿈꾸게 된 계기는 아주 오래 전, 가족들과 대학로에서 보았던 연극이 너무나도 재미있었고, 무대에서 연기하는 모습이 멋있었다. 그리 거창한 이유는 아니지만, 봉태는 진심이었다. 물론 그것은 봉태 자신만 알고 있는 비밀이었다. 봉태의 엄마가 순혁의 엄마를 만나기 전까지는. 다음날 순혁은 학교에서 봉태를 웃음거리로 만들었다.

봉태는 고개를 푹 숙였다. 발표하는 것도 못하는데, 전교생 앞에서 연기를 하는 것은 더욱 불가능했다. 모두가 자신을 비웃을 것만 같았다.

봉태는 집에 와서 학교에서 있었던 모든 스트레스를 먹을 것으로 풀었다. 봉태에겐 습관 하나가 있었는데, 바로 먹고 나서 몸무게를 재는 습관이었다. '95킬로그램. 정확히 말하자면 95.8킬로그램이지만. 순혁과 같은 반이 된 이후 살이 조금씩 찌기 시작하더니 2학기가 시작되더니 순식간에 8키로가 쪘다.

아주 어렸을 땐, 봉태는 순혁과 사이가 좋았다. 순혁이네 가족이 이웃집으로 이사오면서 봉태네 가족과 친해졌기 때문이다. 부모님들의 사이는 여전히 좋았지만, 봉태와 순혁은 어느 순간부터 멀어졌다. 순혁의 일방적인 무시로 시작되어서, 이제는 괴롭힘으로 번진 것이다.

봉태는 순혁이 미웠다. 하지만 부러웠다. 덩치가 크고 못생긴 자신과는 다르게 순혁은 객관적으로 봐도 잘생긴 얼굴이었기 때문이다. 하지만 봉태는 순혁보다 자기 자신을 더 미워했다. 혐오라는 표현이 가까울 것이다.

'나 같은 게 무슨 배우야.'

봉태는 배우라는 직업을 높게 생각했다. 그리고 자신을 한없이 낮췄다. 자존감이 바닥이었다.

'… 지금이라도 그만 둘까.'

봉태는 그만두기로 결정했다. 침대 위엔 아직 펴지도 않은 깨끗한 논어 책 한 권이 살포시 놓여 있었다.

침대에 누운 봉태는 명준이 나눠 준 논어책을 들었다. 책의 커버엔 굵은 글씨로 당신의 인생 길잡이, 논어라고 적혀져 있었다.

봉태는 아무런 생각 없이 책을 읽기 시작했다. 명준이 했던 말이 떠올랐기 때문이다.

한참을 페이지만 넘기던 봉태는, 어떤 한 구절이 눈에 띄었다.

공자가 말했다. "덕이 있는 사람은 외롭지 않으니 반드시 이웃이 있다."

"덕이 뭐야?"

봉태는 호기심이 생겼다.

> 덕: 도덕적, 윤리적 이상을 실현해 나가는 인격적 능력 또는 공정하고 남
> 을 넓게 이해하고 받아들이는 마음이나 행동

그럼 덕을 갖춘 사람의 기준은 무엇인가? 우연히 보게 된 논어책은 생각보다 봉태의 마음에 들었다. 봉태는 자세를 바로잡고 책을 읽기 시작했다.

봉태는 처음 동아리실에 갔을 때, 명준의 반응을 다시 떠올렸다. 그때 선생님은 어떤 표정을 지었지?

봉태는 자신의 트라우마를 극복하고 싶었다. 하지만 도움을 요청할 수가 없었다. 부모님께 말하면 혼이 날 것만 같았고, 너 같은 게 무슨 배우냐며 수치심도 느낄 것만 같았기 때문이다. 친구들 역시 마찬가

지였다. 하지만 봉태는 단 한 명도 친한 친구가 없었다. '맨날 책상에 엎드려 자는 애'가 봉태를 대신하는 이름이었다. 같은 반 학생들은 매일같이 엎드려 있는 봉태를 신기해했지만, 그것이 친구가 없어서 하는 행동이라고는 상상도 못했을 것이다.

가볍게 읽기 시작했던 논어책의 페이지는 벌써 중간 부분을 이제 막 넘기기 시작했다. 지금 이 순간만큼은 친구가 없어도, 조롱을 당해도 쉽게 극복해 낼 것만 같았다. 마치 논어책이 자신을 지켜주는 듯한 느낌이었다.

선호

학교가 끝나고, 석태와 선호는 늘 같이 집에 갔다. 같이 걸어가는 30분 중, 보통 둘은 딱히 많은 말을 하지 않았다. 하지만 동아리를 하루 앞둔 목요일, 선호와 석태는 학교에서부터 지금까지 온통 명준이 내준 숙제에 대해 이야기를 하고 있었다.

"넌 누구 할 거야?"

"글쎄… 난 대본을 맡고 싶은데. 딱히 무대에 서고 싶진 않아. 너는?"

"아직 안 정했는데, 책 은근 재밌더라. 뭔가 고민상담을 들어 주는 것 같아."

석태는 바닥에 떨어진 스티로폼 상자를 차며 말했다.

"근데 너 왜 미술 동아리 안 들었어?"

석태가 선호를 슥 쳐다보며 말했다. 둘 사이엔 약간의 정적이 흘렀다. 선호는 침을 꼴깍 삼켰다. 죄를 지은 것은 아니지만, 그래도 무언가를 들킨 것 처럼 심장이 빠르게 뛰기 시작했다.

"그게 사실은….'

"선호야!"

　선호가 놀라서 뒤를 쳐다보니, 명준이 저 멀리서 선호와 석태를 향해 달려오고 있었다.

　"헉헉… 저기, 선호야. 잠깐 교무실에서 얘기 좀 할 수 있을까?"

　명준은 헉헉대며 말했다. 오랜만에 뛰니 죽을 맛이었다.

　"그럼 나 먼저 갈게. 쌤 안녕히 가세요."

　석태가 꾸벅 인사를 하고 뒤를 돌아서 갔다.

　"선생님… 무슨 일이에요?"

　"미술 선생님이 찾아왔었는데, 왜 거기 들어가 있냐고… 많이 놀라셨어. 잘 말씀드리긴 했지만… 네 이야기를 듣고 싶어서 부른 거야, 사실."

　명준은 안그래도 물어볼 참이었는데 잘 되었다는 생각이 들었다. 선호의 굳은 표정을 보니 무언가 사연이 있는 것은 분명했다.

　명준은 선호를 잠깐 비어 있는 교실로 데려갔다.

　"말하고 나면 고민의 무게가 조금은 덜어질 때도 있어. 음… 아직 마음의 준비가 되지 않았다면 안 꺼내도 돼."

　명준은 선호를 따뜻한 눈빛으로 쳐다보며 말했다.

　선호와 명준, 단 둘밖에 없는 방 안에서는 시계 초침만이 째깍째깍 말을 하고 있었다. 방에 시계만 없었다면, 모든 것이 일시정지 되었다고 생각할 정도로 방은 조용했다. 적막 속에서 선호는 몸이 뒤틀릴 듯한 강박감이 느껴졌다. 선호는 명준을 똑바로 쳐다볼 수가 없었다. 선호의 표정이 보이지 않았다. 어떤 표정을 짓고 있을까? 원장 선생님처럼 선호에게 실망한 표정을 짓고 있을 수도 있다. 어쩌면 비웃고 있을지도. 또 어쩌면 네가 그럴 줄 알았다는 듯이….

선호는 주먹을 꽉 쥐었다. 그럼에도 땀으로 범벅진 손바닥은 다시 미끄러졌다.

선호는 눈을 질끈 감고 말해 버렸다.
"전 미술을 하기 싫어요."
"아…."
명준은 이상했던 복도에서의 첫 만남이 이제서야 이해가 갔다. 설마 했는데 진짜일 줄이야.
"다른 선생님들은 모르세요. 원래 부모님도 모르셨는데, 학원 끊은 것 때문에 아시게 되서 엄청 혼났었어요. 이젠 아예 저를 포기하셨지만…."
"… 하고 싶은 건 정했니?"
"아뇨. 모르겠어요. 남들이 이것저것 해 볼 때 그림만 그리고 있었는데 이제 와서 무언가를 해 보려고 해도 늦었고, 다른 것에 관심가질 여유도 없더라고요. 미술이 너무 싫어서 그걸 딱 때려친 순간엔 뭐든지 잘해 낼 것 같았는데, 오히려 아무것도 아닌 애가 되어 버린 것 같아요."
명준은 감정이 격해진 선호의 어깨를 쓰다듬었다. 하지만 명준에게도 꽤나 충격적이었다. 학교에서 그림을 가장 잘 그리던 학생이 미술을 안 하려고 한다니. 재능이 아까웠다. 하지만 그것을 입밖으로 꺼낼 순 없었다. 그러기엔 선호의 입장도 충분히 이해가 갔기 때문이다.
"왜 미술이 싫어진 건데?"
"처음엔 그냥 그리는 것 자체가 좋았어요. 너무 일찍 진로가 정해져 버리니까, 다른 것도 많이 경험해 보고 싶은데 저는 처음부터 미술만 했거든요. 그냥 미련 때문인 것 같아요. 근데 또 주변 사람들한테 밝히기 겁나기도 하고… 어떡해야 할지 모르겠어요. 동아리 애들도 저 빼고 다들 각자 길을 찾은 거 같은데 괜히 불안해요."

선호는 어느새 눈물을 뚝뚝 흘리고 있었다.

잠깐의 정적이 지나고, 명준은 가방에서 논어책을 꺼내 페이지를 술술 넘기더니 선호에게 책을 살포시 넘겨 주었다.

"선호야. 내가 너의 사정을 다 아는 것은 아니지만… 사실, 연극부 학생들을 보고 걱정을 많이 했어. 선호 너의 사정도 처음 만났을 때 조금은 예상하고 있었고, 봉태나 해철이, 지성이, 그리고 석태 다 각자의 사연이 있는 아이들이야. 나들 확실한 길을 모르고 있거든. 선호 너처럼 한 방향으로 쭉 가다가 갑자기 방향을 틀어서 길을 찾고 있으면, 어떤 아이는 맞는 길을 자신에 대한 확신… 그러니까 용기가 없어서 바로 앞에 있는 길을 두고 헤매고 있고, 또 어떤 아이는 잘못된 방법으로 길을 찾고 있어. 또 어떤 아이는 가고 싶은 길이 있어도 그 길로 가지 못하고 다른 길로 가려 해. 우리 연극 동아리 아이들 뿐만이 아닐 거야. 그러니까 조급해하지 않았으면 좋겠어. 선생님이 수업 때 해 준 말 기억나지? 어쩌면 정말 잘된 일이야. 〈논어책〉이 네 인생의 새로운 방향으로 이끄는 길잡이가 될 수 있어."

"그런가요…."

자하가 거보 땅의 책임자가 되어 정치를 물으니 공자가 말했다. "급히 서두르지 말고 작은 이득을 보려고 하지 말 것이니, 서두르면 도달하지 못하고 작은 이익을 보려 하면 큰 일을 이루지 못하느니라."

선호는 명준이 펼쳐준 페이지를 보았다. 눈물을 멈춘 선호는 명준을 빤히 바라보았다. 그리고 연극 동아리에 든 것, 이명준 선생님을 만난 것은 정말 큰 행운이라는 생각이 들었다.

석태

원래 석태는 작년에 들었던 스포츠 동아리를 올해도 가입할 생각이었다. 하지만 선호를 제외하고 친구가 없는 석태는 자연스럽게 선호와 같은 동아리에 들어갈 수밖에 없었다. 친구 따라 강남 간다는 말은 석태에게 딱 알맞는 말이었다.

석태는 그런 자신이 너무 초라했다. 동시에 화도 났다. 작년처럼 선호와 다른 동아리를 들어서 고생을 많이 했기 때문에, 그렇다고 바꿀 수도 없었다.

"어? 석태야."

우연히 복도에서 명준을 마주친 석태는 그냥 고개를 한번 까딱했다.

"오늘은 선호가 옆에 없네?"

"전 그럼 맨날 선호랑 같이 있어야 돼요?"

명준은 당황했다. 무심코 뱉은 말이 석태에겐 자존심을 상하게 한 것이다.

석태는 명준이 별생각 없이 한 질문임을 알고 있었지만, 화가 났다. 다른 애들한텐 안그러면서, 선생님 눈에 나는 선호 옆에만 졸졸 따라다니는 그런 애로 보이는 건가?

"음… 석태야. 잠깐 얘기 좀 할까?"

명준은 석태와 함께 운동장을 돌았다. 처음에는 석태의 보폭이 빨랐다. 둘은 아무 말 없이 걷기만 했다. 시간이 조금 지나고, 석태와 명준의 속도는 조금씩 비슷해졌다.

"선생님, 아까는 죄송해요."

석태는 긁적이며 명준에게 말했다.

"선생님에게 말해 줄 수 있겠니?"

"선호말곤 친구가 없어요. 그렇다고 노력을 안 한 건 아니예요. 선호랑 다른 동아리 들어가서 새로운 친구를 사귀어 보려고 했는데, 예전에 그걸로 놀림을 많이 받아서⋯ 두려워요. 그래서 선호를 찾아다니다가 선생님을 마주친 거예요."

"그렇구나. 그런데 석태야, 친구가 많다고 해서 좋은 것만은 아니야. 열 명의 가벼운 친구보다 한 명의 무거운 친구만 있어도 네 인생은 성공한 거야. 친구가 많은 아이들을 보면, 그 사이가 깊어 보이니? 진지한 속마음까지 다 털어놓을 친구가 과연 그렇게나 많을까? 그럼 그 친구가 가볍다는 거지.

논어에도 이런 말이 있어.
"단 한 명이라도 자신을 믿어 주는 사람이 있다면, 그것만으로도 당신은 살아갈 자격이 있다."

친구가 없다고 속상해하지 마. 너는 선호라는 단짝친구가 있잖니? 선호도 분명 너를 누구보다 특별한 친구라고 생각할 거야."

달라진 우리들

금요일 오후 1시 30분부터 동아리가 시작된다. 이미 수업을 두 번이나 했지만 명준은 뭔가 이상한 느낌이 들었다. 아이들의 눈가가 모두 초롱초롱했기 때문이다. 어제 달래 준 건 분명 선호 한 명이었던 것 같은데, 평소보다 밝아진 느낌이었다.

"저번에 말했던 것처럼 이번 시간부턴 연극 연습을 한다. 맡고 싶은 역할 다들 정해 왔지? 한 사람씩 나와서 말하기."
명준이 머리를 긁적이며 말했다.

명준이 말을 마치자마자 지성이 자리에서 벌떡 일어나서 교탁 앞으로 나왔다.

　"나는 공자가 가장 아끼는 제자였던 안회를 한번 연기해 보고 싶어. 왜냐하면 안회를 통해 내가 지금까지 잘못된 방법을 계속 사용하고 있었다는 사실을 알게 되었거든. 안회는 실력이 매일 향상되었는데, 나는 그렇지 않았어. 나 또한 안회 못지 않게 공부를 열심히 했다고 자부할 수 있었거든. 근데 나는 공부만 했던 것이지 공부 자체를 즐겼던 게 아니더라고. 노나라 제후가 공자에게 제자 가운데 가장 배우기를 좋아하는 자가 누구냐고 물었을 때, 공자는 "안회라는 학생이 있었는데 화가 나도 그 자리에서 끝내고 다른 곳으로 옮기지 않으며, 같은 실수를 두 번 저지르지 않았다."고 즉시 대답했다고 해. 안회가 진보한 이유는 배움을 즐긴 것도 있지만 스승인 공자에 대한 존경심도 대단했고. 처음에는 논어가 무슨 소리를 하는 건지도 몰랐는데, 막상 그렇게 어려운 말이 아니더라고."

　지성이 말을 끝내자, 모두가 박수를 쳤다. 그 다음은 봉태가 나왔다. 봉태의 적극적인 모습에 명준은 놀랐다.

　"나는 사실 동아리를 그만두려고 했어. 사실 내 꿈이 배우인데, 남들의 시선이 두려웠어. 그걸로 놀림을 받았거든. 반에서 친구가 없기도 하고. 근데 어쩌다 읽은 논어책에서 진짜 예상치 못하게 위로를 받았어. '덕이 있는 사람은 외롭지 않으니 반드시 이웃이 있다.' 이 구절을 처음 봤을 때, 나한테 걱정하지 말라고 위로해 주는 것 같았어. 나는 내 역할을 딱 정했다기보단… 10대들의 가장 대표적인 고민들을 논어로 고민상담 해 주는 형식으로 연극을 하면 좋겠다 라는 아이디어가 떠올랐어."

　봉태가 자신 넘치게 발표를 끝냈다. 명준은 놀라웠다. 좌절을 겪었던 아이들이 논어로 극복을 했다는 사실이 믿기지 않았다. 봉태의 제안 또한 전혀 생각하지 못한 참신한 아이디어였다. 아이들은 또 한번 박수를 쳤다.

　"봉태야, 너 진짜 멋있었어."

　"고마워."

다음으론 해철이 나왔다.

"나는… 공자가 좋은 집안에서 태어나 남들과 다르게 자란 인물인 줄 알았어. 서울대학교 재학생들 중 70%가 잘 사는 집안이라잖아. 잘난 집안에서 잘나게 자랐을 게 뻔해 보여서 공자가 싫었어. 근데 내가 잘못 알고 있었더라. 부모님 두 분 다 돌아가시고 밑바닥부터 차근차근 올라오며 지식을 쌓은 거였어. 그래서 하루 만에 논어책을 다 읽었어. 그러다 보니 마음이 편해지더라고. 항상 쉬는 시간이나 자기 전까지 공부만 했는데, 지친 나를 위로해 주는 느낌을 오랜만에 받았어. 역할은… 결정은 못했는데, 봉태의 아이디어가 좋은 것 같아요."

"박수!"

해철의 발표가 끝나자, 박수소리가 교실을 가득히 채웠다.

다음은 선호의 차례였다.

"나는… 미술을 포기했어. 이 말을 아무한테도 안 했었어. 그게 뭐 별거라고 생각할 수 있겠지만 주변 사람들의 반응이 두려웠거든. 차라리 미술을 안 하고 살았다면… 이런 생각도 해 봤었어. 그렇다고 내가 여기, 연극 동아리에서 열심히 활동을 한 것도 아니었어. 방향을 못 찾고 있었거든. 근데, 어제 선생님이랑 이야기를 하면서 논어에 관심이 생겼어."

"그거 좋은데?"

지성이 박수를 크게 쳤다.

명준은 뒤에서 흐뭇하게 아이들을 바라볼 뿐, 더 이상 아무 말도 하지 않았다. 기특했다. 걱정 투성이었던 연극 동아리가 이렇게 변하다니. 아이들에게 달려가 힘껏 안아 주고 싶었다.

"너희들의 발표 잘 들었고, 너무 잘해 줘서 고맙다. 이 정도라면 축제 때도 잘할 수 있을 거라는 확신이 들어. 너희들 생각은 어떠냐?"

"좋아요."

아이들은 동시에 소리를 질렀다.

"어때? 논어를 통해 조금 달라진 게 있니?"

명준이 물었다.

"달라졌어요, 확실히. 선생님이 말씀하셨던 게 무슨 뜻인지 잘 알 것 같아요."

"짧은 시간 동안 논어에 빠지면서, 길잡이 역할을 제대로 해 주었어요."

명준은 아이들의 눈빛이 확연히 달라진 것을 느꼈다.

—

그렇게 시간은 흐르고 축제 당일이 되었다. 연극부의 공연 때문인지, 학생들보다 교사들이 축제에 더 관심을 가졌다. 교사들은 물론, 교장 또한 관심을 가졌다. 과연 성공적일지, 아니면 망신만 당하고 내려갈지 말이다. 그렇게 순서가 지나고, 모두가 기다리고 있는 연극부 차례가 되었다. 몇몇 학생들은 지루함을 예상했는지 대놓고 고개를 숙여 자기 시작했고, 심지어 끝나면 깨우라는 말까지 했다.

그래서 어떻게 끝냈냐고? 연극은 성공적으로 마쳤다. 사람들의 뜨거운 박수를 한참동안이나 받았다. 도서관에서 먼지만 마시던 논어책들은 어느 순간부터 하나둘씩 대여되기 시작했다. 그것이 연극부의 영향일까? 가끔은 신기하기도 했다. 갑자기 훅 들어와서 우리의 인생의 방향을 바꿔 놓은 이상한 책.

축제가 끝나고 다시 일주일이 지났다. 그 일주일 동안에도 많은 일이 있었다. 기말고사에, 생활기록부 검토에. 폭풍 같던 일주일이 지나며, 2학기의 모든 활동이 종료되었다. 이제 남은 것은 방학식. 그날은 어김없이 돌아오는 동아리 시간이었다. 동아리실로 이동은 자유였지만, 우리는 서로 약속이라도 한 것처럼 동아리실에 모였다. 서명준 선생님은 이미 교탁에 서 계셨다.

"다 왔네? 표정들이 다 좋아 보이는데?"

선생님의 표정 또한 밝았다. 하지만 어딘가 모를 씁쓸함이 담겨 있었다.

"이번 시간이 2학기의 마지막 동아리 시간이고, 오늘 나나 너희들이 모인 이유는 그래도 꺼내고 싶은 말이 많아서겠지?"

"맞아요."

석태가 웃으며 말했다.

"선생님이 먼저 할게. 너희들의 공연을 보면서 정말 놀랐어. 다른 선생님들도 칭찬을 많이 하신 건 알지? 마지막이라니 조금은 아쉽긴 하지만, 논어를 통해서 너희들이 조금이라도 성장한 모습을 봐서 기쁘다. 이상!"

선생님은 활짝 웃으며 말을 마치셨다.

"마지막이라니요. 내년에도 연극부 맡아 주셔야죠."

지성이 깜짝 놀란 듯이 소리쳤다.

"음… 그게, 저번주에 신청한 동아리에 따라 결정되는 거거든."

"아….."

선생님의 표정은 점점 어두워졌다.

"논어책 덕분도 있지만, 선생님의 도움이 가장 컸던 것 같아요. 선생님이 말하셨던 인생의 방향을 이젠 제대로 쫓아갈 수 있고요."

해철이 대표로 말을 전했다.

"그동안 감사했습니다."

우리는 줄줄이 선생님께 감사의 표시를 전했다. 작별할 시간이 된 듯, 수업 종료를 알리는 종소리도 울렸다.

"그래. 정말 수고 많았고, 복도에서 마주치면 인사 하고."

우리는 의자를 정리하고 나갈 준비를 했다. 선생님은 가만히 자리에 앉아 계셨다.

"선생님, 내년에 봬요."

봉태가 문을 열다 말고 선생님을 쳐다보며 말했다.

"그래, 봉태야."

"내년에도 잘 부탁드려요!"

"응?"

"저희 다 연극부 신청했거든요."

선생님의 눈이 동그랗게 커졌다. 그것은 내가 본 선생님의 표정 중에서 가장 행복할 때 나온 표정이 아닐까 싶다.

"저 진로를 정했어요. 정확히는 선생님이 도와주신 거지만… 공자 같은 교육자가 되고 싶어요. 집안 형편이 조금 어렵긴 하지만, 최선을 다할 거예요."

해철이 말했다. 해철의 표정 역시 고슴도치같이 뿔을 잔뜩 세우던 예전과는 확실히 달랐다. 다크서클은 여전히 진했지만 눈빛은 초롱초롱했다.

"저는 축제 이후로 자신감이 많이 생겨서… 부모님한테 얘기했어요. 근데 부모님도 예상과 다르게 응원해 주셨고, 순혁이한테 사과도 받았어요. 그때 든 생각은 내가 표현을 안 하면 아무도 모르는구나… 라는 생각이 들더라고요. 선생님이랑 선생님이 주신 논어책 덕분이에요."

봉태는 어느새 떨지 않고 말한 지 오래였다. 다음은 지성이었다.

"저는 아직 정확한 진로를 정하지 않았지만, 앞으로 어떻게 나아가야 할지 어디로 움직일 것인지 정했어요! 논어책 읽는 것도 좋고 연극하는 것도 좋아서, 둘 다 하려고요."

"저는 그때 선생님이 해 주신 위로랑 논어 구절이 정말 위로가 많이 되었어요. 그래서 저도 선생님 같은 사람이 되고 싶어요."

"선생님 덕분이에요. 한 학기 동안 많은 일이 있었지만 그중에서 선생님이랑 함께했던 시간이 저한텐 더 좋았어요. 저도 요새 그림 그리고 있고… 선생님이 방향을 잘 가리켜주신 게 제일 감사해요."

우리는 몰랐다. 어느 순간부터 해철이 영어단어장을 들고 다니지 않았다는 것을, 순혁이 봉태를 찾아가서 사과를 했다는 사실을, 나는 지금도 그림을 즐겨 그린다는 것을, 석태가 선호만을 쫓아다니지 않는다는 것을, 지성이 공부에 재미를 붙였다는 사실을.

"연극이 끝난 후 저희들끼리 평가하는 시간을 가졌어요.

무엇을 아는 것은 좋아하는 것만 못하고 좋아하는 것은 즐기는 것만 못하다.
　자왈: 지지자불여호지자, 호지자불여락지자.
　[子曰: "知之者不如好之者, 好之者不如樂之者."]

그래서요, 선생님. 전교생을 대상으로 아침마다 논어 한 구절로 익히고, 연극 동아리를 '논어' 내용을 중심에 두고 활동하기로 했어요. 함께 배우고 익히면서 꿈을 찾고 즐기며 살아갔으면 하는 바람으로요."

선생님은 우리가 돌아가면서 하는 말들을 신중하고 자세하게 경청하셨다. 자세를 바꾸지도 않고, 계속 꼿꼿하게 허리를 펴고 있어 한번쯤은 자세를 바꾸실 만도 한데 말이다. 말을 마치자, 선생님의 입꼬리는 올라갔다. 그리고 선생님 또한 입을 열었다.

"물론 내 도움도 컸겠지만, 정말 중요한 것은 너희들 자신이 너희를 바꾸었다는 거야. 내가 너희를 그렇게 만든 것이 아니라는 소리지. 내가 너희에게 논어책을 쥐어 주긴 했지만, 너희가 책을 읽을 마음이 없었다면 과연 내 도움이 효과가 있었다고 말할 수 있을까? 선생님은 이렇게 생각해. 그리고 너희들이 나 빼고 이렇게나 열심히 의논을 하다니, 선생으로서 정말 뿌듯하네. "

정말 아닐 것 같은 상황이지만 우리는 바뀌어 갔다. 논어 때문인가? 논어는 우리에게 길을 가리켜 준 것밖에 없다. 두 발을 가진 것은 우리고, 걷거나 뛰려는 의지 또한 우리가 가지고 있다. 논어가 우리를 마법처럼 바꾸어 놓았다기보단, 우리가 바뀐 게 아닐까.

글을 마치며

이 글을 쓰는데 많은 시간이 걸렸다. 생각했던 내용에서 완전히 뒤바뀐 내용도 정말 많았고, 새로 구상해야 하는 힘듦에 한 순간 포기해 버리고 싶은 순간도 많았던 것 같다. 내 인생도 마찬가지였다. 초등학생부터 졸업을 앞둔 고등학생으로서의 오랜 시간을 걸어왔다. 걸어다니면서 내 발은 퉁퉁 부었고, 방향을 잘못 들어 다시 왔던 길을 힘들게 되돌아가고. 가끔은 힘들고 지쳐 움직이지도 않고 벌러덩 누워버린 적도 많았다. 내가 가는 이 길이 맞는 길인지, 이 글을 쓴 나뿐만 아니라 연극부의 선호, 석태, 해철, 봉태, 지성, 그리고 입시를 앞둔 학생들 모두 확신도 서지 않은 채 불안해하면서도 끊임없이 앞을 향해 나아가고 있다.

이 글에서는 논어책이 연극부 단원들의 퉁퉁 부은 발을 찜질해 주는 얼음 역할을 했다. 정말 뜬금없고 어려워 보이는데다가 따분한 논어책이 말이다. 아직까지 길을 헤매고 있는 친구들이 있다면, 논어책을 읽어보라고 권하고 싶다. 나 역시 책을 쓰면서 처음 논어책을 읽었는데, 아직도 기억에 남을 만큼 인상 깊은 구절들이 참 많았다. 그 구절들은 흔들리지 않고 우뚝 선 나무처럼 당당함으로 내 자신을 바로 세우는 지표가 되기도 했으며, 가끔은 위로받는 기분도 들었다. 그래서 내가 이 글을 완성할 수 있었던 것이 아닐까. 절대 잊지 못할 경험이 될 것 같다. 글쓰기 체험은 내 인생에서 진정 가치 있었던 경험이고 정말 좋은 일이다. 결코 쉽지 않았고 그만큼의 담금질이 필요했다. 인내와 노력으로 더 크게 자랄 수 있다는 자신감이 생겼다. 힘이 들어도 우뚝 선 나무처럼 버티고 스스로 응원하면서 나의 꿈을 향해 나아갈 것이다. 내 꿈에 한 발자국 더 가까이 다가갈 수

있게 날 도와준 논어책, 그리고 누구에게나 쉽게 다가갈 수 있는 나의 글
이, 풍요로운 삶으로 연출되기를 바란다.

끝으로 소중한 시간을 함께 해 준 친구들, 언제나 격려와 응원을 듬뿍
주신 김은숙 선생님께 감사드린다.